路并不长，但因为高高低低，显得要比它实际幽深许多。路两旁没有这片陆地上常见的杨树，偶有几棵瘦弱的新苗，不知是新栽不久，还是根本长不起来。泥土松软，他踮着脚迈起步子时，眼前一高一低，仿佛在轻微晃动，而他在某种庞大集合的差异中感到前方有一块阴影朝他倾斜。那是棵颇有些歪的老树，稳而粗壮，树身仿佛有能量影响四周围的一切。他越走背越直，企图穿过这片摇摇晃晃的树影，直到看见树后还有棵新栽种的树，再之后还有一棵，这批无缘又脆弱的树一直铺向后面的小区——它还没有竣工，午后走进去，总是非常寂静，只有知了的叫声和新装上的玻璃发射出的刺眼阳光。

所有动画片的结局

王苏辛　著

河北出版传媒集团
河北教育出版社

年轮典存丛书

编者荐言

中国当代文学已走过七十多年，每一次文学浪潮的奔腾翻涌，都有彪炳文学史的作家留下优秀作品。

回首20世纪七八十年代，改革开放开启了中国当代文学持续至今的繁盛，由于几百家文学刊物的存在，中短篇小说曾是浩荡文学洪流中的浪尖。然而，以1993年“陕军东征”为分水岭，长篇小说创作成为中国文坛中独立潮头的存在，衡量一个作家的创作成就及一个时期的文学成果，往往要看长篇小说的收获。中短篇小说的创作和读者关注度减弱，似乎文学作品非鸿篇巨制不足以铭记大时代车轮驶过的隆隆巨响。

进入21世纪，特别是党的十八大以来的新时代，我们乘着光纤体验世界的光速变迁，网络文学全面崛起，读图时代、视频时代甚至元宇宙时代的更迭，令人应接不暇，文学创作无论是体裁还是题材都呈现出一种扇面散播效应，中短篇小说创作也再度呈扇面式生长，精彩纷呈。

为此，我们特编辑了这套“年轮典存丛书”，以点带面地梳理生于不同年代的当代优秀作家的中短篇小说精品，呈现不同代际作家年轮般的生长样态。

我们不无感佩地看到，生于1940年前后的文学前辈，青年时已是文坛旗手，在当下依然保持着丰沛的创作力，他们笔耕不辍，使当代文学大树的根扎得更深。

“50后”一代作家已走过一个甲子，笔力越发苍劲。他们不断返回一代人的成长现场，返回村镇故乡、市井街巷；上承“40后”的宏大命运主题，下接烟火漫卷的无边地气；既广受外国文学的影响，又保有中国古典文学的高蹈气质。

在“60后”这一中坚力量的年轮线上，我们能看到在城乡裂变、传统向现代过渡的进程中，一代人的身份确认、自我实现，以及精神成长的喜悦和焦虑。

“70后”作家因人生经验与改革开放四十年紧密相连而被称为“幸运的一代”和“夹缝中壮大的一代”，也是倍受前辈作家的成就影响而焦虑的一代。如今已与前辈并立潮头，表现不俗。

而作为“网生一代”的“80后”和“90后”，他们的写作得到更多赞誉的同时，也承受了更多挑剔和质疑。但经过岁月淘洗，我们欣喜地看到，曾经的文学小将已在文坛扎扎实实立稳脚跟，相继以立身之作进入而立和不惑之年。

六代作家七十年，接力写下人世间。宏阔进程中的21世纪中国当代文学，正在形成新的文学山峰的山脊线。短经典历久弥新，存文脉山高水长。

目　录
CONTENTS

犹豫的时候更接近道德

好端端的九月，秋高气爽，到处是可以去的地方。不管是爬山还是逛公园，又或者喝个白天酒。只要愿意，她能让自己的身影扎进任何地方。可眼下，什么有意思的事都做不成了。她憋着口气，放弃聚会，买上高铁票，装上简单行李，整理好房间，卷起被子，关上窗，终于阴沉沉地奔赴车站了。一路上手机在包里跳来跳去，她脚底生风，仿佛下一秒就到那里，再下一秒就回来似的。

"你看怎么办？"李红杨在电话里带着哭腔。

"我下午回家，马上进站了。"

"这么快？"她哭起来，"会不会耽误你上班？"

"那怎么办？"

下午两点，排队取票的人摩肩接踵，失序的队伍像散乱的石头，密匝匝排在取票厅前开阔的广场。小报亭离进站口只几十米远，一列印着"幸福家庭""幸福爱人"字样的杂志在售卖，杂志上一个女人下巴尖尖的，穿着彩色蓬蓬裙，长腿快伸出封面。两个小男孩儿，小一点儿的脏兮兮，左手捏着个舔了一半的绿色棒棒糖；大一点儿的干净许多，剃了个西瓜太郎头。大的牵小的，也是皱着眉。有人坐在行李上吃泡面，呼哧呼哧，一脸热一头汗。她冲到对面买了三个已经发冷的苋菜包子，就着微温的咸豆腐脑吃。快吃完的时候，队伍终于变得松了些。

电话又跳起来，振动声贴着后背，身上麻酥酥，仿佛有一片皮屑等待往下掉。眼前浮现出暴雨侵蚀的墙壁，白灰也是这样一片片在上面迎风抖动。全城刚下过雨，小区南边的青苔占据了整片墙根——只是一夜间的事。

几粒沙子荡在风里，瞬间看不见。天仍是蓝的，翻山越岭几小时，沿途都是隧道，耳鸣在里面，风堵在外面。整车厢人头像一盒鲜肉月饼。她看不见馅儿，只觉黑漆漆，再睁眼的时候，竟已经到了。

卖茶叶蛋的大妈和卖焖面的大伯一脸焦急地望着这群涌出来的脑袋，挤扁又松开。她弓着背，慢吞吞，像一头爬行的海豹。太阳将落未落，几束影子打进来，有人长如麻虾的身躯佝偻着，一双腿在出站大厅晃来晃去。她拔下左手食指上的几根倒刺，殷红的血渗出来。

“须旦！”

“爸。”

“回来也不说一声，还是你妈告诉我的。”

“本来想一个人回去。”

“这荒郊野地，车都难打，还不要人接？”

“我妈呢？”她看向窗外。

“她晕车，就不来了。”

“你咋想的？”

“什么咋想的，你听你妈说。”

“那人去家里闹了？”她盯着后视镜。

“是你妈去找人家。”齐彭皱起眉，半侧过脸瞅了她一眼。

“你妈脾气不好，你也知道。我真是受不了了。”

她不说话。

“你妈啊，最会装了。”

视线直穿过去，是平原上两排灰色的矮楼。它们闭着眼侧立两边，暗淡的路灯和沾满尘土的柏树跟着。

“我们吃什么？”她终于说。

“你妈在准备饭。”

手机又振动了。她低下头，是冯雷的短信：“我跟那个女的真没关系，你才是我女朋友。”

“别让她准备了。”她抬头，“去吃张记羊肉面。”

李红杨这一觉睡得长而浑浊。天灵盖抵向天花板，楼上传来磕磕绊绊的声响，把她的头吵得生疼。齐彭去接须旦，按理早该回家了，可楼下还没动静。她出了一身汗，整个人虚虚的，没有穿衣服。一角毯子遮住半截肚皮，剩下半截鼓囊囊似条拦腰斩断的饭袋。乳房如两颗白麻团，仿佛面再松点儿，就能从身上砸下去。

她晃悠悠爬起来，身体像注了水的影子，荡到厨房。高压锅的鸣笛声响起来，一锅清亮亮的排骨，加了十三香。她盛出一大碗搁外面凉着，重新盖上锅盖。肉捞出来干煎，大火换小火，小火转大火，来回几遍，方才出锅。本该清炒个空心菜，可齐彭和须旦还没回来，她只好把菜洗好，摆在案板上。

往常这个时段，她会给齐彭打电话。小小一座城，能去的地方就那么一点儿，她总能用各种途径找到他。很多年前是练歌房，后来是麻将馆，偶尔，他还会去水库边钓鱼。几包烟，坐一下午，就晒得黑黑的，大斗笠也载不下他四方方、油汗津津的脸。有一次他出差，她去街上买豆腐。那天豆腐有些老，就临时买了豆芽，水渍渍地塞在保鲜盒里，接着又买了梅豆角和芫荽。菜场那头是鱼市，鱼市后面是一条卖服装的巷子。巷子曲曲绕绕，开店的多是女人，站在外面袖着手，眉毛画得又黑又细地撩起来。

李红杨就挑鱼，挑了草鱼挑黑鱼，最后还是买了三条小鲫鱼。鱼钩钩住，白色塑料袋装着，鱼尾不时扑腾一下。付钱的时候，扭头看见对面巷子里她常光顾的那家服装店的老板娘。

“我看见你男人了。”她眨巴眼，“又在我们隔壁店门口，站了好久。”

李红杨当时心里惴惴的，第二天也惴惴的。第三天，她去那家店里逛了逛，看见那女人，下巴长长的，人很高，精瘦，骨头贴着肉，看起来不好惹。她盯着她，女人也盯着她。某一瞬间，李红杨觉得她什么都知道，至少比她知道得多。这让她心里发抖。

客厅吊灯是暗的，外面路灯也是暗的。一路这么暗下去，很快就到了菜市场。双腿上了发条，一抬脚，就又到了那地方。店门关着，一张纸贴得严严实实，上书“老板待产，本月歇业”。她读了一遍，又读了一遍。九点多，小城的服装店陆续关上门。这会儿更像约好了一样，从东头一溜烟关到西头。她深一脚浅一脚往大街走去。僻静路上她是个胖影子，身体提着肚子，脚跟支着腿。没有星星，月亮悬在头顶，她瞅着它一路往前。

“喝起来了。”电话响起来，是李红丽。

“什么喝起来了？”

“须旦和姐夫。”

“在哪儿？”

“你别过来，他们马上回去。”

李红杨张张嘴，目光闪闪烁烁，仿佛就看见齐彭了，晃动着他额头那个黑帽子，袖着手站在外面。不过他站不站，这条街的人是知道了，他们家门前的人是知道了。锅碗瓢盆，鸡毛蒜皮，丁零当啷，所有的细节一排列，每个人就明白了。

全城一片黑，李红杨看见两个人一前一后用手机照着路，屏幕光从下巴往上打，显出阴森之意。两个人挨着，全都背微驼不说话，像一个魂儿跳到另一个魂儿上。分不清谁是空壳子，谁又是满的，在夜深人静的街上荡悠悠。李红杨也只是再多看一眼，就冲着其中一个喊了声——

“须旦。”

须旦电话打过来的时候，李红丽还在路上。

“到张记羊肉馆，快。”

说完，她把手机屏幕向下拍在桌子上，又开了一瓶酒，咕咚咚倒进嘴里。

齐彭第一次见女儿喝酒，还这么猛烈，不禁有些愕然。目光一路从桌角到整个店面，再看了看外面逐渐暗下去的天。他那辆借来的白色轿车在不远处的杨树下显得凄清寥落，他想出去一下，可须旦用眼神把他堵在门口，他只好再进来。

“酒量不错啊。”他讪笑着，“你小孩儿不要管我们的事，好好上你的班。”

“让我来的不是我，是你做的这些事……”

他们的声音一高一矮，从一头滑向另一头，直把整面桌子染得虎虎生威。可话说完的一瞬，须旦就泄气了。心像盛着一把脂肪，一粒一粒往外撒。八瓶酒都喝完了，厕所跑了一趟又一趟，齐彭还是沉默地看着她。

最后几个食客已经走出去，小饭馆摆出打烊的姿态，椅子搬上桌，老板娘旁若无人地清理起桌子上的垃圾。须旦的面已经凉了，却仍在喝酒，她盯着外面，寻觅一个能放置视线的位置。外面一片黑，只路灯和店里的灯闪出一片新的空间供她扫视。从这条大路一直延伸向高速路口。她盯着那里，渐渐像盯着一片新的陆地，它原本在很远的地方，此刻逐渐追上她。她张张嘴想喊一声，却没有喊出来。直到李红丽摇摇摆摆的大影子遮住了半扇门，像盏灯。

“别喝了。”她说。

“不喝干啥啊？”

“我们要关门了，你们还要多久？”

“我们马上走。”齐彭说。

“走哪儿？”须旦道，“你走吧。”

“大哥，不是我说。”李红丽上场，“你俩这不是让孩子遭罪吗？须旦正是事业上升期，这回来一趟的，得耽误多少事。”

“都是你姐！”

“大哥，这说的就不对了。出去找人的是你……你把房子给她，吃亏的是你……”

“我什么时候说把房子给她了？”

“好，不给她，那给我啊！”须旦道。

“早晚是你的。”

“早晚是我的，那就去公证啊。”

“公证现在不当事，得过户。”李红丽道。

“呵呵，他连公证都不愿意，别说过户了。”

“过户得交几万，这不是瞎扔钱吗？”

“你给别人扔的钱可不止几万。”

齐彭不说话。嘴巴抿着，看起来用了力，所以紧紧关着。须旦在他一米之外的地方，一只手托着下巴，另一只手则摁在桌子上。半面身体要倒下去，齐彭侧身把她托回。

“回家好吧，回家。”

“房子给我。”

齐彭不说话。

“你这么怕，是因为孩子吗？”

须旦握住一只酒瓶，似要砸在自己脑袋上，两只眼像烧焦的炭火，随时能把齐彭点燃。

他垂下头，整张脸像绵软无力的面条，眼睛眉毛沿着鼻梁一路到底，化为地上的几滴汤汁。

“回家吧。”他额头挨上桌角，肩膀像等待好了似的，从左边颤动到右边。

齐彭看着李红丽一路把车开进孙方的巷子。他这会儿没低头，也没仰头，而是僵硬地平视前方。

他今天醒得早，起来的时候李红杨还睡着。不过，她睡与不睡，他也是不知道的。须旦不在家的日子，他们早已分房睡了。只是李红杨半夜总要来他房里逛逛，看他是不是在，是不是还醒着。如果他醒着，李红杨会陪他一直到睡着。

“你不能离开我的视线。”

李红杨第一次这么说的时候，他感到震惊，说多了，他就觉得陌生。在他近乎迟钝的二十六年婚姻生活中，如果不是这件事，他或许真的一直把李红杨看成另外一个人——和善、宽厚，从不急眼。

他至今不知道她怎么知道孙方的。不过在这小城市，想打听清楚一件事，真的不难。孙方卖了几十年衣服，每个人都知道桐梓巷里有个厉害女人，能打能骂，看她衣服超过三眼还不买绝对没好果子吃。那天他也只是试穿了那条裤子，孙方就黏上他了。

先是办公室，再是居委会，甚至有一次，孙方到他惯常去的那家理发店。她眉毛画得黑黑细细，眼妆也打得重，让他很是反感。可她就那么坐着，手里拎着那条裤子，一条黑丝袜包裹下的长腿翘着，膝盖和脚尖轻轻晃动，让他心里七上八下的。

“这女的跟你什么关系啊？”理发师装作不经意地问他的熟客。

“一碰瓷儿的，别理她。”他嘴上这么说，心里还是有些紧张。

裤子只有两百块钱，就算真给了也没什么，可他不明白店里还有不少生意，孙方怎么就盯着这一单了呢。

车里没亮灯，外面路灯偶尔闪进来几束光，让他得以看清脚上的耐克运动鞋。他想起来，那天那条裤子他不是不满意，就是和脚上这双鞋不搭。这么一想，他干笑出了声，须旦看了他一眼，他再次平视前方。

李红丽已经驶出巷子，齐彭靠在车窗上，须旦还是僵硬地坐着。三个人不说话，像有滞重的空气在他们周围徘徊，给他们每个人画了一块方格。又或者，直接粗暴地把他们丢进罐头瓶里，而他们就看着自己在马路上滚来滚去，漫无目的，没有终点。

他们克制地把身体摁在不会挨到对方的位置，而他们身体的缝隙，则不受控制地跟着这辆车摇摇摆摆，以期每一场颠簸都能让他们背弃先前的期望。

“过了年，你就二十五岁了，有对象，可以带来给我们看看。”齐彭说道。

“现在是讨论这个的时候吗？”

“须旦你少说两句，你爸不会不把房子给你，今天你们就好好休息……”

“小姨，你把我们放到前面那个路口，我们走回去。”

“你也累了半晚上了，赶快回去吧，车停在老位置就行。”齐彭说。

“你们的钱，还存在我们公司，你看是继续存，还是拿走？”

“我回去问问你姐的意思。”

“要我说，还是继续存吧。反正你们的钱早晚是给须旦的，现在搁在一起存，也不是什么坏事。”

“原来你们之前的钱一直分开放啊。”

“哪有分开，这不是这两年……”

“原来你和那人已经两年了。”

齐彭不再说话，只是看着红绿灯闪来闪去。

须旦恍惚看见母亲在夜色中闯进来了。

晚上雾气很重，路灯时暗时亮。他们都有些累，三个疲惫的影子在夜色中来回交错、碰撞，像是心怀不轨的秘密约会。

“今天须旦喝了不少，都见不到底儿啊。”齐彭拍了一下须旦道。

“要不是喝那么多，咱爷儿俩能说这么多话？”

“啥爷儿俩爷儿俩，跟谁学的？”李红杨说。

“不是都说我爸喜欢男孩儿吗？”

“瞎胡说，你当时出生的时候，我高兴了一晚上，不信问你妈。”

“我妈现在可不想说吧。”须旦转脸看着李红杨，她低着头，和他俩并排走着，不说话。

须旦故意往前跳了几步，仿佛喝开心后看哪儿都是草原。她站在街边台阶上，豪气地指着前方一座若隐若现的建筑：“五岁的时候，我们在那里照过相。”

齐彭茫然地看过去，除了知道那是一座曾收容犹太难民的教堂遗址，什么都想不起来，不过他还是抿了抿嘴，“嗯”了一声。李红杨则故意缓走几步，把父女俩抛向前方。

“别嗯了，你肯定不记得。”

“怎么不记得……那年我们刚盖完房子，正好也赶上跟你妈的结婚纪念日……”

“不是盖完房子，是包工头来家里要债……”

“对对……那天我在单位加班没回来……还让你跟你妈说声儿。”

“结果我忘了说……”

“你妈把我骂了一顿。”

“你半夜从单位里赶回来，我还对我妈说，我爸不可能有外遇，是有事才在单位。”

“那天烦死了，包工头、你妈、你，还有我，一边说还钱，一边是你妈在跟我怄气。”齐彭道，“最后是你大姑给了咱三万块钱，才把这个空填上……”

“……第二天就把你们结婚纪念日的照片补拍了。其实那时候，我觉得自己挺多余的。”

“你哪里多余？”

“别走那么快啊。”须旦道，“那边，俱乐部刚开的时候你老在那里打麻将，有一次，是我上完晚自习把你送回去的，还记得吗？”

“……我干了两斤白的，你林叔把我送车上……”

“司机开错路，最后直接把你们撂到了俱乐部门口……”

“不过我怎么记得是你妈把我带回家的啊……”

“哈！是我妈……你还记得啊……不错不错。”须旦亢奋起来，嘴角向上扬起，看起来憨厚朴实却又盛气凌人。

他低着头，不看她，而是看向李红杨，可她在几米之外，模糊不清。

几个以前买的公仔被母亲放在茶几上，几束她寄来的永生花显眼地摆在进门处的桌子上。尽管一年多没回家了，客厅的摆设还和之前一样。

“这就进卧室，不聊聊？”须旦坐下，“妈，你睡我那屋吧，我爸估计也不想看见你，你们就别在我面前装了。”

“这张还记得吗？”她坐下来，长发甩到后背，只几根乱发在前额飘荡，左手擎着照片上三个面目模糊的人。

1997年他去北京公干，买不起什么像样儿的礼物，只好带回来一只全聚德烤鸭和半打长筒袜，她因而成为全班第一位穿长筒袜的小朋友。这照片，就是李红杨带着须旦去接他那天去照相馆拍的，拍的时候她总乱动，最后因为她，全家拗了很久造型才算照上。

“那次你给我买的长筒袜都是白色的，我配我妈买的亚麻凉鞋穿。当时觉得班里再没有比我洋气的同学了。”须旦说，“你还买了灰色亚麻布裙子，我一直穿到小学毕业，最后一次穿是初一，因为太紧，我哭了好久，那是我的第一条裙子，当时最喜欢的。”

“那时候摔个杯子你都要哭，傻孩子……”

“……后来你再没给我买过裙子。高中你带我去上海考试，我看上一条裙子，你还呵斥我……”

“那是怕你青春期染上虚荣的毛病……”

“那次考试我没考好，回来你还罚我跪着。我说自己长大了，不能再罚跪，你就让我去外面待着……”

“结果你还真跑出去，我和你妈找到晚上才在网吧把你找回来。”齐彭抬头，“当时就想，你这么倔，长大了可怎么办……”

“是啊，我这么倔，你怎么就摇摆不定呢？”

“……今天先睡觉好不好，咱们明天再说。”

“明天晚了。”须旦目光炯炯，“说吧，那孩子几岁了。”

“一岁？两岁？总不能是三岁？”她跷着脚，坐在他对面的椅子上，饶有兴味地看着他。

齐彭低着头。

“那就是快生了？”须旦嚼起一片口香糖，浓烈的薄荷味一阵阵袭来。

“……这张呢，这张！”她把照片递到齐彭面前。

是一张风景照，那时候须旦三岁，脸晒得黑黑的，还剪了短发，看起来就是假小子。

“都说我小时候不爱吃饭，得了厌食症，怎么治都治不好，每次吃饭都要跑来跑去，害得你和我妈总是不能按点吃饭。”须旦道，“……后来听说是老中医开了燕子屎给我妈天天喝，我妈又喂我奶，才算治好。我妈真不容易，那时候，你刚去外面挂职锻炼吧？”

“小时候你总说我让人操心，那我……我现在还让人操心吗？”须旦突然问道。

“……操啥心，你爹我没挣上大钱供你留学，你本科一出来就自己在外面打拼，这两三年，没事还往家里拿钱，就算我们不需要，你还是拿……拿……”齐彭低下头，眼睛一酸，埋下头去。

“这个还记得吗？我们一家去周庄旅游。我妈非要看街边郎中，那人看准我妈没脑子，非要给她推销那瓶五百多的草药，当时气死我了。还好你很快回来帮我们解了围。当时我就觉得，我爸最好了，我爸真好。你那时候总是穿牌子，看起来像个老板，我同学们都这么说。你不知道，我那时候觉得你多么了不起……

“这个是华山照的。那天我爬不上去，你和我妈就轮流驮着我，有一截路很惊险，差点儿就踩掉块石头整个人栽下去……要不是你拖着我，我真害怕那次我就掉下去了……”

“我那天是不敢松开啊，你赌气非要爬……”

“原来你记得啊。”须旦一屁股坐下来，“都记得你干吗都不想要了呢？”

说着，她泪往外涌。

“你咋了啊，别哭了。”

“那你说你咋不想要！”

“我啥时候说不要……”齐彭也哭出来。

“那个女人……”

“是我对不起你……”齐彭把头往桌子上磕了一下。

“你之前不是说我大了吗……我大了不代表我就能接受。”须旦擦了一把泪。

“我跟我妈一辈子都会爱你、敬你，可那个女人呢？”须旦站起来，“你为啥就是看不清楚，要不是你现在还有点儿职务，有点儿小钱，那女的会跟你？她有多少个男人，所有人都知道！你怎么就知道这孩子一定是你的？就你傻！”

“爸你图她啥？年轻也不年轻了，还是个卖衣服的，没点儿积蓄，三天两头店开不下去就需要借钱，你都五十的人了，难道以后还要给她养孩子，给她劳心劳力？”须旦道，“咱家里现在啥都有了，我的工作也不错，涨了年薪，你跟我妈也不说别的，在咱们这小地方工作也不错，你明明到了该享清福的年纪，非要为别人养孩子。”

“退一万步说，那孩子就算是你的，跟着她那样一个妈，能照顾好吗？……你放着现成的家，还要去那边那个家，你这是给自己找罪受？”须旦道，“这话是当闺女的才会这么说，我不能看你年过半百还走岔路！”

“有些话我一直不想说，可我真的忍受不了双重打击。”须旦坐下来，“你还记得我以前一直想去的那家单位吗？你知道我为啥想去吗？因为那样就能和冯雷在一个地方。”

“冯雷？就是前两年你妈说跟你谈朋友的那小子？”齐彭定了定神。

“是啊，就是他，我真的想跟他结婚的。”

“……你傻妞啊，咋现在才说？”

“这怎么说啊，说了是丢我人还是气你们？他在外面又找了个女朋友，还搁我面前不承认。所以我知道你跟那女的事儿的时候都疯了，我这么信任的两个人，同时搞出来这种事！你让我怎么接受啊！”她手砸着床沿，眼泪流出来。

“须旦咋了？”李红杨从邻屋蹿进来，“齐彭，我跟你没完！”

“妈，你别管！”须旦把她推出去。

“如果你俩真是感情不和就罢了，可那个女的，谁都知道她肯定打房子的主意，你就算让你闺女我安个心行不行，行不行？”

“这房子全都是你的，我跟你妈攒下的钱也是你的，谁都拿不走啊须旦。”齐彭提高了音调，声音却一路软下去。眼泪溢在外面，擦不是，不擦也不是。

“那你过户啊！”须旦道，“我专门请假就是来要个安心，你要想让我好好工作，就过户！”

“你把房子给我，我会把你撵出去？”须旦道，“我知道你觉得房子给我就是给了我妈，可我跟我妈是不一样的人，你不相信你闺女吗？我养你后半辈子！”

须旦重新拿起相册，先是几大张泛黄的旧照片飘下来，接着是一张张小照片，它们像头皮屑一样盖在齐彭的头顶、肩膀、大腿、脚边。最后，是整个相册砸下来，砸在他身上，落在地板上。

“你还是不想要啊不想要……你想要她，就是不要我跟我妈……”须旦继续说。

“我错了啊。我错了啊……要是真能回去，我宁愿那天我没去那家店买衣服，宁愿不认识姓孙的，宁愿年轻时候不生你，也不想看着你因为我们难过啊！”齐彭的头埋在双手间，终于大哭了起来。

一路从地板到床沿，坐着，趴着，又坐着，然后躺着。须旦站在一边，任凭自己的热泪凉掉。她打开门，看见李红杨在客厅坐着，正在接水要递给齐彭。

“放那儿吧。”须旦擦擦脸，“你去我屋，今天我陪我爸，我们好久没见了。”

醒来的时候，李红杨先看见吊灯一闪一闪，灰白色的天从窗帘缝隙探进来。须旦一只手搭在枕头边——她黑眼圈严重，临近中午才磨磨蹭蹭起床。

一家三口都对昨天的事闭口不谈，该吃吃该喝喝。李红杨把昨天烧的一锅汤重新炖了一遍，味道更鲜美了。她没有炒空心菜，而是炒了玉米菠菜，还摊了小油馍，擀进去盐和香葱，在平底锅上慢慢烙。

须旦在一旁帮忙，齐彭在卧室不知睡着还是醒着，反正没起床，整个人像一条存在感极强的空气，在她们周围飘来飘去。

“最近尧山倒是可以去啊。”李红杨坐下说。

“好啊，不过那也算山啊，就是个小土包。”

“最近修了广场，可漂亮了。”

须旦不说话，继续吃着菠菜。她一向不喜欢吃菠菜，今天却吃了很多。

小城的一天已经开始很久了，大街上传来的各种声音在她们耳朵里铺成一条路。须旦最先听到一场谩骂，接着是叫卖声，从街头一直滚到街中央。

“我们去吧。”须旦对齐彭说。

“好啊。”

“顺便逛逛庆福街。”

“下午单位没事？”李红杨问道。

“可以跑，反正又不是没跑过。”齐彭刷好牙对着客厅说，“今天本来就不该上班，加班是额外的，不去也没什么。”

李红杨听着，看了一眼时间——距离民政局关门还有五个半小时。她脑子里连珠炮似的回放着孙方的话。

“……要我说你就退位让贤，我逢年过节还说你一声好儿。”孙方当时边说边剔牙，仿佛要把整面牙龈抠弄得血肉模糊才肯罢休。

“你算什么东西？”李红杨道，“齐彭跟你玩玩儿可以，结婚？你真以为他傻？”

“他当然不傻，当然知道谁好。我这孩子流着他的血，他不管谁管？”

“别以为有个孩子了不起。你以为你这一闹对他没影响？齐彭现在没恼你，那是还早。我奉劝你，趁早收手，不然逢年过节他都不想看见你。”

“呵，我不跟你吵，反正齐彭的录音你听见了。就算他食言，这孩子也在这儿，房子不给也可以，折现啊。

六十万，一分也别想少！”

李红杨走到厨房，看着锅里的汤，越来越白，而她感觉眼前一片黑。直到扶着厨桌好大一会儿，她才重新站起来。像是一觉醒来的恍惚，又或者是梦醒之后淤积的哀伤。她终于把头磕向一角桌子，渗出来的微微血迹衬托得她的哭声颤颤巍巍，像从半山腰滑到山脚，再也起不来的一摊水。

齐彭开着自动刮胡刀，刺啦刺啦的声音很快把李红杨隔绝在另一个世界。直到她重新走出来，他才又忙碌起来，谈论股票和最近单位里的选举。须旦则始终在一旁盯着剩下的半碗汤，看着那点热气渐渐压进碗里。

“要去赶快去吧，我怕晚了售票处关门。”她说。

“尧山以前是不对本地人收门票的，现在这么搞，也是上面人想钱想疯了。”齐彭接腔道。

“哪儿都想钱，可不是嘛……”李红杨幽幽地说。

齐彭和须旦不再说话。沉默像一根绳索，把他们三人连在一起。

“街上垃圾这么多，怎么就没人整理啊？”

“不是说最近都在种树吗，还说一棵树补贴三十块。”须旦说。

“你还关注这个？”

“这不横幅上写的吗？‘努力建立中原绿化城’。”

“都是口号，算不得数。”齐彭道。

“说了就是本事，什么不是口号？”

“这样开是不是不对，我记得是往西的。”须旦打断他们。

说着，她摇开车窗问一个行人，一口亮堂堂的普通话把行人问住了，半晌才指了一个方向，让他们拐弯的时候注意数红绿灯。

“到第三个红绿灯往东，就是了。”

“谢谢您。”

“这年头还真有外地人专门来尧山啊。”

直开到第三个红绿灯路口，齐彭意识到再往外开就真的出城了。他恍然意识到新开发的尧山观光公园其实在城外。这让他感到一阵无边的失落，仿佛他们绕着边界走了那么久，到头来还要选个方向。

“三点了。”李红杨喃喃自语。

齐彭不说话。须旦看了他一眼，就收回了目光。昨晚她揽着齐彭安慰他，就像多年前他失业的那个晚上，小女儿抱着他的后背说爸爸别哭了。齐彭被她拍了好一阵才算转过身，抓着女儿的手道：“你是我的命啊。”

须旦看见他亲了一下自己的手，接着亲了下胳膊。放下之后，他看见须旦穿着居家服，一对胸脯随时都能从松软的睡衣中探出脑袋。须旦在黑暗中看着他的目光，就像多年前她发现他眼皮塌陷的那个晚上。

“须旦，去你妈那屋睡好不好？”

“好。”

“……还有，你……跟那孩子在外面住过吗？”

他们在红绿灯前面停下，一车人屏气凝神。齐彭盯着前方，李红杨一如既往看着窗外。他们中有人的手机响了，须旦看了一眼，是李红丽，不过没有人想到要接她的电话。李红杨靠着车窗，白日下的人们看起来是那么正常、欢快。她想到很多年前她也是这样，或许现在也应该这样。她坐直，张张嘴，却又如鲠在喉，半晌才突然说：“我们……”

“不离了。”

“什么？”

“我说不离婚，咱们接着过。”齐彭说。

“……好，好的。”李红杨低下头。

像是一块大石头轰然落地，却并没有从胸中消失。须旦闭上眼，靠向另一边车窗，手机里那条一直没发出的短信，终于发了出去。

白夜照相馆

一

很多人无法想象九年不谈恋爱是个什么感觉，但对于赵铭和余声来说，这是稀松平常的。

这两个人，一男一女，除了照相馆的这点事务，彼此没有别的事情要做。余声留着短发，个子高，远看过去，和赵铭一样是个男人。偶尔她也会走出照相馆，在展春园西路的菜市场和超市逗留。赵铭则会把店里的地板拖得铮亮，窗户和牌匾也擦得很干净。任凭门口的手抓饼摊儿和炒冷面摊儿如何热闹脏乱，这块店面仍像是玻璃一样。

岁月像一根削骨针，把余声的脸雕琢得愈来愈瘦。眉毛画得细，眉峰平。双眼皮打着很重的眼影，还是遮不住皱纹。赵铭变化倒不算大，只是城府渐深，眉宇间像捏着石头，不知道什么时候就砸下来。

他俩一前一后来，来的时候一穷二白，白夜照相馆第一任大师傅把他们收在门下，二人才算在驿城落了户。以前他们做什么，驿城没有人知道，不过现在他们做什么，驿城人也不是都知道。

人们很轻松就能找到白夜照相馆。

它大概是这座城市唯一不需要打广告便尽人皆知的店铺。从十五年前成立伊始，它就因为收费低廉且拍得一手好全家福闻名全市。但随着照相机的普及，如今也很少有人来白夜照相馆照全家福了。除了几个老熟人，赵铭和余声哪怕一整个白天都躲在店里，也迎不来几个人。

不过，到了晚上，一切就都不一样了。

晚七点，余声准时从超市回到店里准备晚饭，赵铭则清洗好厨具。二人像老朋友那样端端正正坐下来，面对面吃完一桌菜。八点左右，会有人开车或乘着地铁、公交车，或者步行，来到白夜照相馆。

他们一般都很默契，从不交谈，坐在外间等号的时候，即使碰见认识的人，也不答话。整个照相馆的人很多，却又心照不宣地安静着。赵铭和余声则分别记录下来访者的要求、信息，以及登记收费和取照时间。等到一圈忙完，已经接近十一点钟了。

余声准时把店里的灯灭掉，以防再次有人敲门，赵铭则在通信录上搜索合适的“模特”。模特们一般都在外地，只在周末或者节假日集体从外地赶来，有的时候，他们二人会带着设备过去。拍好照片之后，赵铭会长时间躲在暗房。有时候，是余声长时间躲在暗房。反正不管是谁，他们总是分工明确。

因为长期的相处，他们长得越来越像同一个人。很多时候赵铭走在路上会被当成余声，而余声走在路上会被当成赵铭。当他们一起认认真真坐在店里等待客人的时候，才是分离的个体，能代表自己，不必茫然地面对各式各样张冠李戴的提问。这真是奇妙的景象。

只是这天这种景象还是被打破了，因为来了一个“迟到”的客人。

如果按照白夜照相馆的江湖规矩，即深夜十一点之后不接客，那李琅琅是绝对进不到店里的。虽然这个移民城市从来不缺新面孔，但像李琅琅这样的，确实很少见。

她身高一米五，娃娃脸，身边没有什么亲戚朋友，做得最久的一个工作在水电站。那阵子，人们时常会在驿城大坝看见李琅琅。她的长发向后飘着，迎着城市新一波的雾霾，看起来扑朔迷离。

后来，随着新的移民逐次到来，新的猜测渐渐碾压了人们对李琅琅的好奇。那时候她已经是驿城幼儿园一名大班老师。住在城郊的一座公寓，每天要花近两个小时在路上。去得早，却走得最晚。时常园里最后一个小朋友被接走很久，她还在荡秋千。有时候赶不上末班地铁，还要打黑车回去。问她为什么这样，她都说是因为一个人住没意思。可一个外地女孩子，性格不算热闹，似乎不谈恋爱，没有不一个人住的道理。

——这都是李琅琅告诉赵铭和余声的。

在余声和赵铭从前拍摄的那些照片里，一般还是会有一两个和索照客人相关联的亲属朋友，只是这些亲属朋友不是老年痴呆，就是躺在床上不能动弹，或者与客人属远亲，任凭客人编造一些过往细节，也看不出什么。他们是亲眷摆在故乡的玩具，在需要的时候拿出来展示一下，不需要的时候就继续陈列着。

白夜照相馆的规矩是，客人必须无条件把自己的情况告诉他们，这样才能拍出合适的照片。可李琅琅对此却闭口不谈——很难想象，这样一个各方面看起来正常的人，说她没有可仰仗的故乡，多少有些怪异。不过一切记忆的伪造都是为了符合现在，过去如果是一片空白，反而更适合他们的“创作”。

“我需要十几个人的照片。有合照也有单人的，最好里面有一个老头儿，还带着个女儿。”李琅琅坐在沙发上，半截身子慵懒地埋在靠垫里，两腿直摆着，双手玩着沙发边角。

她详细交代着自己的需求，生怕余声和赵铭不清楚。

“还有吗？”余声问。

“我需要他们都看起来很有钱。”李琅琅一字一顿地说，“费用我会出别人的三倍。”

“下个月三号，来这里取照片吧。”赵铭说。

李琅琅没想到他如此干脆。她站起来，感觉马上走又太突兀，只好不确定地问道：“那个，你们是夫妻吧？”

“不是。”余声说。

“对不起。”

“没事。”赵铭说，“你还是快回去吧，这条街不太安全。”

在李琅琅走向门槛的时候，余声已经在手机上预约好了明天拍照的人选。

赵铭打开道具箱。那里面大概是传了三代人的旧衣物，有怀表、钢笔、骑马装，还有遮阳帽、青绿色的旗袍等。有的在过去也算高档品。

随着新移民越来越多，这些后民国时代的物品多半用不上了。但李琅琅特别要求，自己不仅需要近二三十年的亲戚照片，还需要七十年前的。这让储物箱里的古董们终于再次见了天日。余声把它们一件件清洗，等着第二天派上用场。整顿齐全之后，指针已经走向凌晨一点钟了。

二

从白夜照相馆走出来，李琅琅先去了酒吧。她酒量极差，大口吞下一杯半金汤力后，就已经快趴下去。然而这天毕竟是个特别的日子，她挣扎着站起来，还给了酒保小费，就踉踉跄跄冲进晚风中。

她摇摇晃晃的样子很像个小太妹，只是碍于一身紧身衣，动作幅度不敢太大。她把提包往肩膀上拉了拉，步子尝试走得稳健一点儿，招招手要在路边拦一辆车，可也许是她太矮小，没有人理她。她像悬挂在街边的道具，身体埋没在路灯的背面，并跟着身旁那个长长的影子飘出了这条街。

酒吧一条街出去是更开阔的大马路，李琅琅半截袖子被剩下的小半杯酒打湿，涤纶布料贴着手臂，痒痒的。她把袖子卷起来，可又觉得冷。只是这一点儿凉意，倒让她稍微清醒了一些。她抖抖手，又抖抖手提包、钱夹，像是拂掉了一层灰土，紧皱的眉头舒展了一点儿，又再次拧成麻球。

她站直了身体，感觉自己被丢到了一片阴影里，迈着正步往家的方向走去。她雄赳赳气昂昂地走回了家，绕过像摊煎饼一样横亘在驿城的无数条大路。如果不是全城不关路灯，巡视的警察长夜值班，李琅琅或许真的会在不久之后出现在那个总是写满抢劫奸杀新闻的滚动窗口上。但今天她还是幸运的。

直走到天光泛白，走到这条路从空旷到渐生人烟，再到被上早班的市民挤炸。她才像一条瑟缩的鱼穿过人与人之间的缝隙，准备冲向她的小屋。只在过红绿灯的时候，她迟疑了一下。她的右手在口袋里摸了一会儿，从那团卷着的卫生纸里扒出一张陈旧的一寸照。这照片中的人齐耳短发、厚刘海儿，看不出性别——这是过去的她。李琅琅把它拿起来，摆在红绿灯的方向看了几眼。接着，撕成了四半，丢进了身后的垃圾箱。接着，她插上新手机卡，编辑了一条短信：我们完了。然后她把手机卡丢掉，把手机格式化，又插了一张卡，发了一条微信：下个月见一面吧。最后，就像抛弃了生命中什么重要的东西一样，她的后背塌了下去。她大概是那一刻才真正酒醒了，在过马路的这短短几十米里疯狂呕吐。她想起昨夜并没有吃东西，只有那一点儿酒水进了胃里。它们翻江倒海、跋涉千里，把她最后那点儿记忆给逼了出来。有电动车冲到她前面骑过去，骂了一句“他妈的”，便绝尘而去。而李琅琅再次拍了拍口袋和包包的夹层，看到除了几片细小纸屑，再没什么遗漏，才知道，自己是真的空无一物了。

三

余声在早上五点听到了短信提醒。赵铭的短信只有六个字：今晚回家吃饭。

余声知道，这句话意味着——赵铭此次拍照一切顺利。

进入人生第四个十年，余声感到时间在变慢。尤其这几年，要不是她和赵铭接着黑单，白夜照相馆早就停业了。头头们忙着建新城区，一栋栋高楼在驿城逡巡。很多新房闲置，无人购买。有时候，余声只有在菜市场才觉得这座城市是拥挤的。其余时候，路上塞满了人，他们和他们之间毫无关系，像两个可以随意交会的点。如果不是照相馆多年积累的一点儿老主顾还愿意年年来这里拍全家福，余声或许早就忘了驿城别的人都在如何生活。就像别人也忘了她。唯一与之背离的，就是她和新移民的关系。这些崭新的面孔，正以疯狂的速度滋生在城市周围，并向市中心扩散。他们来到白夜照相馆的时候，要求更多，原因也有高有低，大部分不愿意透露。刚开始为保险起见，余声还会打探他们的事由。后来连这道程序也省了。有些人拿了照片就兴高采烈地走了，有的人拿了照片之后还会时时打电话问余声，该如何在新朋友们面前伪装。

他们总是问得情真意切，丝毫没有索照时的冷静。而余声也平淡地回说：白夜照相馆只负责照相，至于这照片能不能反映事实，而这事实又能不能被人相信，不是她和赵铭能够决定的。

最初，余声每说完这番话总陷入愧疚，后来也逐渐不再这样。她冷静地把每一个顾客归档，在每一套照片中摘取一张放在照相馆陈列。赵铭负责照相，余声负责做旧。时间久了，照相馆修复老照片的本事在驿城周围声名鹊起。而他们多年来为顾客保守秘密的作风，也为他们保持了稳固的客源。

他们像两具秘密收纳盒，有人说，只要赵铭或余声走在路上，总会有一些人自动与他们保持距离。仿佛一路过，他们就能看透对方的秘密。

就像此刻，只一眼，余声就知道这条鱼不新鲜，不管是刚死一小时还是半小时，都瞒不过她。她用指甲弹了一下鱼尾，鱼儿软趴趴地沉了下去，在腥气弥漫的店铺，露出一只将死未死的眼。

四

李琅琅拿到照片的那个黄昏，刘一鸣已经在咖啡馆等她。驿城的咖啡馆没有名字，就像驿城的酒吧也没有名字。据说，最早之前，连照相馆也是没有名字的。还好驿城有无数条奇奇怪怪的街名，微信上发个位置，总还是能被找到。

那个晚上，刘一鸣就把自己所在位置发给了李琅琅。

她收到的时候恰好晚霞逐渐散去，天空显出一片灰蒙蒙的蓝色。按照惯例，喝杯咖啡，他们会去吃饭。但这天有些特殊。李琅琅包里拿着照片，感觉自己全身变得紧张又轻盈起来。

走出地铁站的时候，她看见夜晚厚实的云层背后显出一条若隐若现的金色光圈。李琅琅想要把它拍下来发给刘一鸣。但他却在这时打来了电话。

“到哪了？”

“新街口刚出来呢，等着。”李琅琅不耐烦地挂断，迅速拍下了这片天象。

只是手机突然信号不好，照片怎么都发不出去。李琅琅想到自己可以到了再给刘一鸣看，可她执拗地想现在发。随即她又想到自己明明是要拍照给他看，为什么又要因为他的电话不耐烦。一连两个奇怪的逻辑让她放弃了再次发送的欲望。她关掉屏幕，把手机塞进包里。想着今天多少有些不一样，她不该这样。而刘一鸣似乎也觉得有些异样，李琅琅要告诉他什么，他并不知道。就像他搓着手时，也考虑要不要告诉李琅琅些什么。这让他突然希望李琅琅像她说的那样是个彻底的路痴，但李琅琅很快就出现了。

她打扮得并不入时，甚至还有些土气。棒球服和灰白色球鞋怎么看都像是没有洗干净。尤其是那条黑色眼线，像根苍蝇一样黏在刘一鸣的视线中央。

“你和照片上不太一样。”他双手放在咖啡杯两端，右手侧还有一袋薯条。李琅琅的视线在他两只手上划来划去，直看得刘一鸣把手藏在了腿上。

“你也和照片不太一样。”李琅琅说，“不过比视频上好看点。”

听她这么说，刘一鸣露出了大白牙。李琅琅盯着他下颌的一颗尖牙看下去，觉得上面如果沾上番茄酱会很滑稽。

“你也很漂亮。”刘一鸣局促又心虚地说，“我以为我们会有很多话可说。”

这句话说完刘一鸣就后悔了，他不该说这句话，犯了约会大忌。但李琅琅却视若无睹，她只是把一沓照片放在餐桌上。

“你上次打电话说想看这个吧。”她粲然一笑，露出两个梨涡。

这些照片除了很旧之外，没什么特别的。最后的几张总有个奇怪的小女孩儿晃来晃去，还有几个老头子和中年人。看起来端正又别扭，还有个老气横秋的女人，穿着过时的旗袍，肚子上鼓起一团，不知道是怀孕了还是肥胖。

“这是我小时候的全家福，上次你说要看的。”

刘一鸣点点头，李琅琅接着开口道：“你不是有什么要告诉我吗？”

他这次放平了呼吸。确实是有这么一回事。但是什么呢，其实也不算什么事儿，就是他需要他们有一个真正的约会，至少看个电影，运气好还可以去公园散散步。他走神了一会儿，感觉李琅琅的目光再次扫过来。他有些紧张，但还是开口道：“我觉得你应该认真考虑一下我们的关系。”

“这有什么难的。”李琅琅笑道，“不过照片你看完了吗？”

“看完了，只是不明白为什么一定要给我看。”刘一鸣脱口而出，而李琅琅则尴尬起来。刘一鸣只是想了解她，也并没有说一定要看照片，可除了这个，她不知道还能跟刘一鸣说什么。

“我不是驿城人，难道你没有调查预备交往对象的习惯吗？”李琅琅说。

“没有。”刘一鸣老实地回答。其实他还咽下了半截话，他也是一个移民。只是在这当口，他却没有说出那句话。他心里觉得李琅琅该洞察一切，应该什么都知道，最好什么都知道。这种回避像一块遮阳板，他视线里的李琅琅不禁逗留在阴影里，只在脸颊处显出一层金色的光芒。他不知道是台灯的缘故，还是外面路灯的缘故，或许都有。他不讲话，李琅琅也故意不讲话，他们都像是在和沉默较劲儿。直到刘一鸣意识到他可以把电影票拿出来。

李琅琅看出那是最近一场电影院的主题联展票，电影都还不错。从这边过去要半个多小时路程。她盯着刘一鸣看了一眼，接着站起来，把最后一点儿咖啡喝完。

“我把过去都交给你了。”李琅琅说，像是自言自语一样。

刘一鸣有些尴尬：“其实你也不必这样，我们总是要慢慢发展的。”

“慢慢发展？”李琅琅跳起来，“我出生于台县宋镇大石庄二组，跟母姓，十八岁搬到驿城，父母亡故，亲戚都居外地。未婚无子，无不良嗜好，无遗传疾病。你还想知道什么？”

刘一鸣哑然，这个场景他完全没有预想过。

“我知道了。”他哆嗦道。

“那我们下个月三号结婚。”李琅琅说，“你的照片，我也要看。”

五

赵铭从暗房出来的时候，已经是黄昏了。

照相馆空空荡荡，就像他刚来的时候那样。佘声的手机怎么都打不通，不过通常那手机也只有赵铭一个人会打。他们来到驿城的时候赤条条的，现在也赤条条的。

刚来驿城的时候，他俩先在车站撞上。赵铭问余声来干吗，余声说跟他一样。赵铭又问她以前干吗，她只说在剧团工作，赵铭就也坦然自己是扮老生的。他们切磋了一阵儿，就先后走进白夜照相馆。来之前他们就查过这里，如果一定要选个外乡，驿城应该是最合适的，而在驿城能收容他们的，也许只有白夜照相馆了。

余声的手机有些年头了。刚开始流行诺基亚的时候，她就买了。那时他们的师傅已经仙逝。师傅在驿城名望很高，当时来了不少人送葬，花圈摆满整个厅堂。赵铭和余声赡养老师傅的事迹甚至还登上《驿城晚报》。不过那期报纸太煽情，赵铭羞愧之余跑遍全城，看到有人卖这份报纸，马上就全买下来。他羞愧了很多年，始终没有娶妻。大概是因为没有家庭生活的浸淫，四十四岁的赵铭出没在驿城，仍然有种老男孩的气质，浓眉大眼，穿着卡其色布裤，或者浅蓝色牛仔裤。不管跋涉多久，都能保持裤脚的整洁，也算是很有本事。

他们俩多少也算惺惺相惜，师傅在的时候就暗生情愫。可师傅说了，共事者不能做恋人，这世上没有比感情关系更不牢靠的了。师傅死后，他们保持男主外、女主内的作风，仍是未在一起，直到再也没有成为夫妻的可能。他们深知彼此的秘密，多年工作下来，没有人比他们更了解对方。余声不喜欢东奔西跑，留在这里帮忙修片，关照店里，没什么不好。何况随着新移民越来越多，统计客人的身份是一件麻烦事。如果赵铭在店里，他们会一起统计。只是眼前这本记事簿，大部分还是统计了余声的黑单。

在 52 页的地方，赵铭看见她用红线标注了一个人。

这人叫刘一鸣，三十岁，要求拍摄一套三口之家，年代：1970 年。赵铭皱了皱眉，他很厌恶拍这种时代的东西，但是刘一鸣在要求背后留了一个高出他们市价多倍的数字，赵铭不能免俗地动心了。

上一次看到这么高的价位，是七年前。那时候有一个本家来寻师傅，却不知师傅已经去世。在店里鬼哭狼嚎一番后，说必须拍一套关于师傅的照片。事后赵铭问余声这人是师傅什么亲戚，余声只说别问了，让赵铭一阵窘迫。直到现在他都记得余声仿佛写着“不可说”的眼睛，像师傅刚死的那个晚上，她的表情。也像是这些年来打听客人身份和去向的异乡人，他们多露出急匆匆的表情，渴望知道关注人的一切，却在涉及自身隐私的时候讳莫如深。赵铭很讨厌这样的人，想知道一切，还不坦诚。但他更知道，他和余声又何尝不是这样的人。曾也有人出于气愤往照相馆门前送菊花，或者泼墨，甚至在半夜用卫生纸把照相馆门前搞得像灵堂一角。然而再气愤，赵铭也知道这些人断然不会使什么大招了。毕竟谁都有秘密，白夜照相馆掌握着全城所有新移民的秘密，要是比的话，谁都比不过他们。

想了这番往事，赵铭大笔一挥，把刘一鸣这一页又标了一遍红。

六

余声前脚踏出去买菜的时候，看见照相馆门前蹲着一个颓唐的男人。

这人脚下的皮鞋磨得很破了，衣服袖子都扯破了。白衬衣领口染了很多汗渍，此刻被他没顾忌地往后背掀开一角，余声不由得嗅到了一阵汗味，不禁皱起眉。

她锁好门回过头，男人则已经面朝她站着。

余声吃了一惊。男人的正脸还是很有轮廓的，就是两只眼睛非常细小，像是两条缝隙。鼻子倒是高挺得厉害。

“你是给李挪照相的那个人？”

“李挪？”余声眉头皱得更厉害了。接着她想要绕过去不理这个男人。

但男人显然不这么觉得。他突然坐下，甚至把着余声的菜篮子说：“讲不清楚你也甭想走了。”

“你谁啊？”余声说，“你找谁？”

“我找李挪，也就是李琅琅，我要知道她到底把自己的档案改成什么样了。”

“你要想知道，就去找她，我们照相馆不留底，何况这照片也谈不上正规用途，大家拍着玩玩。驿城说大也不大，你要找她总是能找到的。”

说完这一通，余声觉得自己可以走了，但男人显然不这么想。

“我说完就走，她不见我，你知道多少就告诉我多少吧，反正我知道这地方，你们夫妻俩干的事儿也不是没人知道。”

“我们不是夫妻。”余声冷冷地说。

七

收拾停当之后，赵铭见余声还没有回来，便把前面几天的碗筷洗干净。开始在家里喝茶，直到电话突然来了，赵铭听了一句就披上外套赶去医院。

驿城的每条街都有个医院，就像驿城的每条街都有个超市一样。赵铭时常不明白，这样狭长的一条街是如何容纳这么多生活职能机构的。很多人说，在驿城住着，只要上班的地方不太远，根本不需要走远路。这里的每条街都有服装店、商店、菜市场……甚至殡仪馆。有的老人说，自己一生都没有走出过驿城的某条街，其实是可以理解的。这些街道成功把驿城划分为一个个小社会，像煎饼摊一样在全城横行，倒是有点儿拉帮结派的意味。

余声被送到街头那家医院。胳膊被缝了七八针，这会儿已经在输液，并无大碍。赵铭可以想见邻居们的议论纷纷，不过目前也顾不了这么多了。

看着余声的盐水瓶，赵铭只觉得一阵恍惚。大概是这些年太风平浪静，驿城人也心知肚明，谁都不会找他俩麻烦。"重新开始"这么诱人的情节，对很多人而言，都具备足够吸引力。只是李琅琅这桩案子，也因为她没有把自己的事情交代清楚，甚至婚礼的时候还给照相馆发了请柬，让赵铭大为光火。此时余声闭着眼，彻底让他断了追问的欲望。多年来，他们就是这样，彼此断了追问对方的欲望，所以才能活得这么相安无事吧。想到这里，赵铭莫名觉得有些难受，随着胃里中午吃的油腻食物，一阵阵翻江倒海，再结合胸闷的心情，他不禁低头对着纸篓呕吐起来。

过了一会儿，赵铭抬起头，看见余声床榻边的柜子上放着一张一寸照。有人把它撕成了四半，但能看出又把它们拼在了一起，四小等份歪歪斜斜在桌上拼成一张照片。偶尔有人开门，来一阵凉风，把它们吹得熠熠生辉。他觉得，李琅琅一定是来过了。

八

余声在黄昏来临之前执意出院，不过跟医生约好了每天下午来医院输液。

将近24个小时，她在半梦半醒间不断想起男人的脸。她记得，自己是要带他拿李琅琅的一寸照片——那是客人作为照相馆归档用的。余声破了例，男人也没有客气，把那张照片拿在手里端详了很久。他个子很高，在男人堆里不算矮的。余声站在他面前就像是一条中型板凳，只是余声一个未留意，男人竟然已经给了她一刀。

“你能跟我出来，肯定也想知道点儿她的事儿。”男人说，“她不想嫁我，可我就是要娶她，她已经是我的人，有案底在我手里，说出去不好听。可我也不想伤她，只能咬一下你了。多担待。”男人说得冷静，仿佛有十足把握余声会私了，他也没有想错。

余声想起，当年来到照相馆的那个黄昏。赵铭先她一步走进店里，他资质好，态度也好，按照师傅只收一名徒弟的原则，她原本还是要被赶走的。可师傅最终决定留下她。她太聪明，总能猜出来往客人的身份。甚至赵铭也怀疑，她或许根本不是在剧团工作，她只是看出自己的做派颇有梨园风范，才谎称自己也在剧团。可当她说出喜欢他的那一刻，赵铭又怎能不信她。正如当年，她逐渐掌握着白夜照相馆客源的所有秘密，如果不让她留下来，她或许随时能拿着这些秘密去卖钱，甚至敲诈勒索。只不过，她还没这样做，师傅就察觉了一切。

好人难做。师傅当时说了这四个字。余声记得很清楚，她相信赵铭也记得。她对仇恨的细节总是记忆犹新，但对恩情也没齿难忘。只是回忆到此也戛然而止了，也或许是她不愿再多想。赵铭今天没有来接她是有原因的，因为刘一鸣那套照片要得很急。

刘一鸣个子不高，按照俗常的说法，是个很猥琐的男人。

头发没有秃顶，也穿得干净利落，甚至服装的配色和材质也够讲究。但是为什么他还猥琐呢？赵铭这样问余声的时候，她沉吟了一下回答——

“他不坦荡。”

余声这样说并不是没有道理。刘一鸣虽然穿得干净利落，扎着一副领带，加之上半身穿了衬衣和紧身外套，整个人显得更慌乱。就像从乱颤的珊瑚里，蹦出了一条非要站直的鱼。

“那另外那个男人呢？”赵铭抬眼。

“那是个很奇怪的人。”余声回答。

九

每年六月一日，照相馆都会免费给到店的前十个小朋友拍照，以示宣传。如果在往常，很少有小朋友会来。更多时候，家长们更愿意把白夜照相馆描绘成一个魔窟，作为让小朋友听话的把柄。

只是今年不同，整个下午来了十几个，还有对双胞胎。

双胞胎的母亲不像本地人，穿着挺时髦但是不够合身的外套。说话的时候双唇一闭一开，像是闸门。戴着深蓝色的美瞳，下巴有些长，像是塞了假体。赵铭愣愣地看着她，感觉她的五官整个像是打了激素的玩物。

妇人看着他，仿佛也咬定他不会做出什么严厉的事情。开始挑剔照片的风格、背景的要求，甚至还要赵铭修片成复古效果。赵铭心里紧张了一下，虽然在他的头脑里，这并不是第一个这样开玩笑的客人，但这是白天，照相馆不允许这样的事情发生。他沉下脸，不说话。妇人也知道自己失言了，只是看着他，眼睛睁得很大，赵铭低头摆弄摄像器材。另外几个小孩儿和小孩儿妈妈看气氛不对，纷纷离开了照相馆。

这掉针的寂静只萧条了几秒，妇人坐在沙发上，自顾自倒了杯茶。三个无辜男孩儿也像是约好了一般，乖乖地去门口玩耍，不打扰母亲和赵铭的对话。

“刘一鸣您认识吗？”妇人突然说。

赵铭立在原地不说话。

“刘一鸣——就是我老公刘一鹤，在这里照过相。”妇人开口道，“您知道的，是那种照片。我就想知道，你们这里能不能给我照那种？”

“您是驿城人吗？”赵铭问。

“不是。”妇人说，“有什么关系？”

“那我们不照。”赵铭冷冷地说，“如果您不是移民，就请回去吧，而且这个时间不是我们接待客人的时间。”

“哈。”妇人笑道，“原来你们要求还这么多呢。你们伪造我老公照片，冒充未婚，你们这些缺德……”

啪。

这声清脆伴随着笨重的脚步声，赵铭看见余声已经把一根长萝卜甩在了女人脸上。

“刘一鸣已经和您分居多年了，是您一直不肯离婚。”余声说，“该滚请滚。你要骂街我奉陪。”

妇人怔了一下。

“你们会遭报应的。”她边说着，边想张张嘴骂人，又看着孩子觉得不好开口。余声转过头冲他们仨微笑，他们一下又都跑开了。

打发走母子后，余声沉沉地说：“不然我们别干了。”

"那吃什么？"赵铭说。

"总还是能维持下去啊，那些老主顾，不至于太差吧。"

"我们来这里，难道真的是为了继承这点'家产'的吗？"赵铭说，"何况这是我们的家吗？"

赵铭又说："我们拍与不拍，那些人就不会被抛弃了吗？"

这句话说得余声心颤颤。她低下头，盯着自己上衣的一颗纽扣看得出神。这么多移民，他们乘着车或飞机来。也不是不能去别的地方，却偏偏选择了这里。很多事她在回避，不愿想起，也许都不是错。就像他们重塑的这件事，这些崭新的"历史"、光鲜的人，出了这扇门不会再回头看的人。他们能做的也就这样了。识破或者被罚，根本不是他们关注的焦点。

一栋栋新的大楼仍在他们面前拔地而起，他们就算洗手不干，也会有另外一些人这么做。仿佛为了守住这个行业的一些尊严，赵铭和余声居然徒生诡异的理想情怀。

十

六月过后，白夜照相馆只在下午才会开了。

随着三栋大楼起建，又有新的人来到移民办，他们有的是不远处的湖民，有的是大坝移民，还有的，是准备久居的外来务工者。他们即将入住驿城之前，多会不约而同地来白夜照相馆。以前大家在深夜，现在干脆下午就开始。趁着黄昏半遮掩的余晖，显得比过去诚恳，又仿佛一切都没有发生。

余声把记录簿端端正正摆好，赵铭套上工作时穿的白褂子。

他的白褂子有一道蓝色条纹，余声的则是红色条纹。他们坐在一起的时候，就像是穿了不合身情侣装的两个中年人。最初提出这一点儿的是个移民小伙子。他头发微卷，鼻头很圆，说起话来有股南方口音。二人只得尴尬地笑笑，再次解释不是夫妻。

他们把每个人的信息记录好，发现任务量足可以排到年底。有几个看起来比较复杂的项目，或许得拖到春节后才能完成。但是外面浩浩荡荡的移民大军其实并没有消停。

因为长期不出门，余声并不了解外面已经堵车堵到多么严重的地步。有些开车来的新移民被堵在高架上，而高架之下，是不远处大坝修好后，缓缓流动的人造湖水。整个城市结构完整，再也不是他们刚来时候的样子。这真让人哀伤——世界变大了，面积却没有大，新街在建，旧路重修，也和赵铭与余声做的没什么两样。

黑压压扑过来的人们，有的并不知道：在驿城，每个人都会心照不宣创造历史，甚至他们的新伙伴也是这样。那些被他们隔绝在故乡的亲人，也会以照片的形式，重新复活在他们的“记忆”中，不管那面庞多么不一样，至少他们也做了努力，让这些面庞都有个共同的名字——亲人。

只是这些荡气回肠的感情，并不能治愈余声和赵铭此时烦琐而让人厌倦的忙碌。

余声把记事簿最后一个空格填满，接着和赵铭把这些本簿都收藏好，就像在保护自己的过去一样。但关上门的那一瞬间，赵铭听到了一个奇怪的声音。在新移民纷纷抵达的时代，这样奇怪的声音每天都在上演。只是今天多有不同。很久没开上街的洒水车在夜色里浇灌干渴的街道，尘土张开嘴，凉水浇在地下，仿佛把路面都铺宽了，衬得这声音摄人心魄。

那是一个女人发出的一长串大笑。她只有一米五，娃娃脸。她最初只笑了一声，接着又笑了第二声，等到笑罢第三声，仿佛堤坝泄洪般无休止地笑了下去。声浪一波赶着一波，逐渐连成一片，似山丘，绵延不绝，很快就把她自己越了过去。

接着，两个男人的吆喝在后面追赶来，一个魁梧、鼻梁很高，一个像被陷害的老实人，丧气、爱面子。

路灯把他们的影子拉得很长，一条影子套上另一条影子，很快就把整条街团团围住。他俩看着他们在不远处撕扯，一动不动。余声头低得很深，臂弯似乎能把她的头颅淹没进去。

她的下半身似海洋，身体在里面游动。每个人又何尝不是自己的窠臼。

“你爱我吗？”她突然像回到少女时期，“如果我们不干那件事，或者离开这儿，我们会结婚吗？”

“已经都过去了，现在这样，不也很好吗？”赵铭说。

“不好。”她眼睛闪烁，白天强硬的派头此刻全部干瘪。

“你知道的。”他温柔起来，“我们都一样，不到玩不下去的那一天，谁也不会离开这儿。”

十一

赵铭是在出发去外地拍照的上午看到了那桩街头案。它长在报纸的缝隙里，和旁边的讣告、凶杀没有关联，也不言语，但放在一起看，仿佛是同一个故事。

赵铭一上车，就有人把早报塞给他。他的习惯是寻找上面的招聘和相亲消息，因为这些字句充满着条件。关心这座城市的条件，就是关心它的审美，让赵铭觉得自己永远和这座城市的节奏同步。

此刻，他把报纸摊在自己的腿上，盯着那则案子。

那是当街暴毙的三人，撕扯原因不详，除了其中一个长相奇怪的，另外两个都是新移民，报道上还印出这两人的名字，分别是：李挪、刘一鹤。

刘一鹤的表情怯懦，马赛克遮住了他的眼。这样形态的男人在驿城时常死去，大概是因为他们太平庸，而城市需要新鲜血液，优胜劣汰。中间那个死去的外地人，没有人知道他叫什么。作为一个眼睛细长、高大巍峨的男人，放在哪里都容易被记住。因而索性也没有人遮住他的眼睛，倒是那条伟岸得像东非大裂谷的鼻子被打了马赛克，看起来触目惊心。

他们费尽心机想隐藏的，终究还是在死时被掀开。而这条报道背面的夹缝，是轰动全市的火灾报道，涉及一整条街。

那条街长得能把驿城拦腰斩开。赵铭一旦去外地取景，还会考虑去那里喝碗咸豆腐脑。他最喜欢黄花菜和木耳。但是今天他没喝到，因为昨晚有火灾。

那个晚上，所有人都睡得死死的。火红色像从天边坠落，从地上扑腾乍起，而那一条街的人，很多都在睡梦中再也没能醒来。

赵铭想着，把报纸折成了四方形。接着撕成了四等份，放进了面前的纸篓。

汽车启动的时候，纸篓颠簸了一下。有几支急支糖浆的空瓶子在里面摇摇晃晃，像几颗坚硬的炸弹。

他对即将去的地方有期待，就像他最初来到驿城时一样。他也曾是白夜照相馆最初一批顾客。他想拍一套照片，甚至还想留在这里学这门手艺。可师傅说，必须告诉他一切，他才能留下来。当然他说了，只是并非全部的真相。那时候想要失踪比现在容易。于是他也便失踪成了赵铭，就像余声失踪成了余声。多年之后，他们也让师傅失踪了。他们接手了这里，却无法原谅对方的邪恶，最终还是不能在一起，想想真是讽刺。

有时候，因为长久的隐瞒，他已经忘记了自己是怎么来的，又曾经经历过什么让他想要忘记。只是这也不重要。他现在走在这里，就是最大的事实。

而列车背后那条长如十几条鲸鱼体魄的、火灾过后的街道，要去往哪里，在哪里结束，也跟他毫无关系。赵铭想起来，那条街其实不是喝咸豆腐脑的那条街，而是白夜照相馆所在的那条街。他想起来这里每条街都是一样的，市内铁路偶尔会穿过这样的街道，有时候还会出现和货车相撞的事件。

每条街都相似，他张冠李戴也不是一天两天了。余声也是这样。他们在迟钝的事物方面常常一致——除了昨天晚上，赵铭发现屋内起火，想要推醒她，却发现她的床上已空无一人。他早该料到了。

只是现在，这些都和赵铭没有关系了。新的故乡向他展开，不管是什么样的大陆，至少此刻看来是新的，就还不错。他清楚，余声必然也是这样想的。

所有动画片的结局

路并不长，但因为高高低低，显得要比实际幽深许多。路两旁没有这片陆地上常见的杨树，偶有几棵瘦弱的新苗，不知是新栽不久，还是根本长不起来。泥土松软，他踮着脚迈起步子时，眼前一高一低，仿佛在轻微晃动，而他在某种庞大莫名的参差中感到前方有一块阴影朝他倾斜。那是一棵有些歪的老树，稳而粗壮，树身仿佛有能量影响周围的一切。他越走背越直，企图穿过这片摇摇晃晃的树影，直到看见树后还有一棵新栽不久的树，再之后还有一棵，这批密集又脆弱的树一直铺向后面的小区——它还没有竣工，午后走进去，总是非常寂静，只有知了的叫声和新装上的玻璃反射出的刺眼阳光。但此刻临近傍晚，小区的安静终于暗淡下来，正午时分不易察觉的市声从远处传来。那是一点点溢出来的摩托车和汽车的声音，还有菜市场一群人传向另一群人的声音。它们一波波，全掀开了。每户人家地板上、茶几上的声音，也都出来了。回家的人在楼道的声控灯下跺脚，还有一些人在各式交通工具上面无表情。而他一路踮起脚走到胜利大厦的地铁口，看见大屏幕上预告着本地台即将播放的某儿童节目，他没想到这么多年了，这个节目还在。甚至主持人还是那两位，女主持人扑着厚重的粉，男主持人吃胖一圈儿，他们都拿着看起来精致许多的动物玩具挥舞，表情和多年前一模一样。他右腿突然一软，再站直的时候，眼前大屏幕还播放着童年点播台上的动画片《灌篮高手》的最后一集——藤真健司突然拎起绿色球衣，迈着清晰的脚步向篮球场走去。而他的手指摸着遥控器的选择键犹豫不决。

点播台的节目单总是残缺又凌乱，永远看不出最下面那一集是不是真的最后一集。他不舍得看完全部集数，往往点完第一集，就直接点最后一集。而点一次就要花五元话费，为了下个月父母交话费的时候，话费单看起来比较正常，他只能稳准狠地赌一把。

反复摸上下左右的按键，直到遥控器被握得温热。

大部分时候那只是陌生的一集，他或许知道不是最后一集，或许不知道，但看完的那一刻，这也不重要了，反正他也只能有这样的“最后一集”。尚未竣工的那个小区曾是他就读过的小学的校址，许多盗版的岛国漫画堆在学校不远处的一间旧书屋里。过去不甘心的时候，他去那里找过几次结局，可点播台上的动画片大部分仍是偏门的，起码不全如《灌篮高手》《圣斗士星矢》等那般流行。何况盗版漫画也是册数不全的，即使找到某个很符合故事发展的结局——那时候的他也不会知道，在另一个时区，这位漫画家是不是已画了续集，或者在修订版中自行更改了结局。

“别找了，不会有的。”K 那时常背着父亲用旧的牛皮单肩包站在书屋外面等他，又或者拿着从小浣熊干脆面里集齐的卡片在门口台阶上玩拍画片儿。最开始，这话不能影响他，直到他自己也相信可能找不到他想要的结局。

列车后移，或者说人群后移，直到从明亮的橙黄色变成暗沉的橙黄色，再变成深灰。直到驶入一片漆黑，明灭的地铁广告和车内的灯光让他觉得自己提前入了夜。如果这一站够久，像地铁刚开通的时候，仅有五站，他会觉得自己在翻秦岭。或者去了某个山区城市，从高处下到低处，出地铁的时候却发现自己身在另一个更高的高处。短暂的无信号和耳鸣让他觉得自由，也暂时忘记地铁口大屏幕上这个点钟又在播放什么动画片或儿童综艺节目。

“晚上来吗？要吃什么？”

“看着做吧。我没买到活虾。”

他还想再打几个字，但最终放弃了。他怀疑另一端的人已经看到聊天框显示很久的“对方正在输入”，这让他有些局促，仿佛有种无形的压力让他必须再发点什么过去。于是，他发了个拥抱的表情，对方回了个“微笑”。

他抖了抖右手拎着的装满蔬菜的塑料袋上的水分，往地铁口走去。那里也有一块很大的电子屏，只是一般只播新闻或者各式广告。不过今天，他在上面看到了《红辣椒》中的场景。可能信号不太好，画面很虚很卡，仿佛还套着另外一个电视台的节目画面，某一瞬间定格在女主角那张吃惊却又很快祥和起来的脸上。只是很快，女孩儿的脸被另一个国外新闻覆盖，一群难民在风尘仆仆的城市中穿梭，而白人记者站在他们不远处喋喋不休。

离六点还有三十分钟,他决定去不远处的“码头”走一走。

说是“码头”，其实早已名不副实，毕竟早就已经没有河了。但老市民们还是喜欢说那是“码头”。干枯的运河好几年前已经成为一条略低于城市海拔的宽阔“水泥平原”，几个穿蓝校服的学生站在黄色电动平衡车上前行，让它突然有了速度感，在他的视线中无限延伸。如果没有更远处正在建造的商贸城，他或许还能望得更远，直望到城市边缘正在拔地而起的高高低低的灰色楼房。

他脑子里回想着刚才在电子屏幕上看到的两个重叠的画面，眼睛看着黄色电动平衡车渐行渐远，仿佛那几块远去的黄色是古代船只，此刻只是行驶在大路上。

真热啊。他想着，不知不觉也轻轻说了出来。而内心的平静，突然被这句无关紧要的话打破了。

“回去吧。”他又说着，但没有立即行动。而是选了辆看起来比较新的橙色共享单车，像那些中学生一样，也在“水泥平原”上滑行起来。但是用自行车滑行显得笨重，他没有收获久违的轻松感，而是明显感觉到自己身体内部的芜杂。这芜杂不是因为他的头脑还想着待会儿要去别人家，想着从小时候到现在的事情，而是有一些模棱两可的情绪在他体内进进出出，让他对此时此刻自己站的地方产生怀疑。

“运河之前是什么？码头之前是什么？”K很久之前曾站在“码头”前这么说。那时候流行的说法是：会有新的活水引入运河，它的面积将比一个世纪前小太多，但可以恢复到一条小型护城河的规模。这说法当时让生活在内陆城市多年的他和K心驰神往。毕竟，随着电影院变成商场，休闲广场变成餐饮集市，还有一座座高楼大厦填满城市缝隙，他们和其他一些人一样常常觉得无处可去。而如果有这样一条河，很多人起码有了散步的愿望。

“小区里也可以散步啊？反正也有几个公园离这里不远。”

“小区和公园早被人填满了。”

“如果‘运河’恢复了，也难说不会被填满。”

“‘运河’会长长的。”

“长长？”他一脸茫然。

“你不知道吗？他们想把‘运河’和浏河打通，让它成为浏河的支流。既然要造护城河，它就得绕着全城走。现在好多个地区都并到城里了，据说还要并下去，‘运河’难道不会长长吗？它将比过去任何时候都长。”

“如果真的成为浏河的支流，它还可能和栾江汇集，栾江和白江是一条，如果一直跑下去，它就是长江的一部分了，郊县并不并进来又有什么？”

“如果真那样，那就不能散步了，只能跑步。”K 干笑道。

“有可能几个拐弯处还设置了广告牌。‘中国制造’什么的。”他说。

“就不要设广告牌了，设几个大屏幕，一路播着你喜欢的动画片。最好播的都是结局。”K 说，“不过运河之前是什么呢？码头之前又是什么？”

“码头和运河不是一回事？”他说。

“怎么可能！码头是码头，运河是运河。”K 不耐烦道。

“我是说，码头本来就是因为运河产生的，那对我们来说，运河之前是什么，不也和码头之前是什么有关吗？”他认真解释道。

“是这样。”K 突然严肃起来，“也可能这里最初有人出现的时候就是一片居民区，我们站的‘码头’是居民区，我们看向的‘运河’也是居民区。”

“那我们是站在一片乌泱乌泱的人堆里啊。”

“也只有人堆可以站了。”K 的不耐烦表情在他的脸上固定了好久，让他整个人都显得凝重起来。

他记得，不同于过往的那种故作老成，这次 K 严肃得比较自然。他不知道这严肃从何而来，但他知道这严肃意味着某种（他们之间）毫无保留的生活结束了，他们之后的日子将伴随这样经常性的“严肃”或“沉默”。这听起来有些冰冷，像“水泥平原”前的一排金属栏杆般。但他知道那一刻，自己突然感觉到轻松和自在。也因此，这番对话总不时被他想起。连带被他想起的，还有那天和 K 在运河外环的一条马路上分开时，他并没有骑车走往常那条路线，也没有选择搭地铁，而是决定步行回家。

那一天是动画片《战斗陀螺》播出最后一集的日子，学校门口的文具店也出售着各式各样的陀螺玩具。他想在五点半前准时到家，而 K 则想去篮球场和几个同学一起打球。

“你知道吗？”K 走的时候突然说，“岛国的篮球打得一般的。他们队员个子也不是很高。”

“藤真也不是很高啊。”他突然说。

K 没有理他，而是继续说：“但藤真跟 NBA 的运动员打球，不一定谁能赢呢。”仿佛为了显示自己的可信性，K 把“可能”二字去掉了。

“这……”他突然感觉到某种莫名的侮辱，“篮球有体能的要求，不可能要求黄种人和黑人一样。”

“如果姚明和流川枫打球，你觉得谁会更好？”K突然说。

“我不喜欢流川枫。”他说，“流川枫也不是《灌篮高手》里最厉害的。姚明真的是最好的中国篮球运动员吗？”

待他话音落下，二人都不耐烦起来，为这场对话变成无趣的地域之争，以及穿插其中的，某种升旗仪式上才有的奇妙情感——这让他觉得自己喜欢的动画片和漫画竟也融入了自己乏味的现实生活。

他想着过去的事，突然不再用自行车滑行，而是右腿跨上车座，朝前骑了一小会儿，向地铁站的方向驶去。他骑得很快，快到地铁口的时候也没有停，虽然他心里知道自己应该停下来，但他还是继续向前。从黄昏穿行到夜幕落下，路灯亮起，他终于看到自己要回的小区，而手机上已经有三个未接来电——这让他有些紧张，不禁加快了脚步。

电梯门到达自己要去的楼层时，第四个未接来电没有来。他稍稍有些放心。按门铃时，电话再次振动，他脸上一紧。直到门开，看见徐湜熟悉的脸，他的神色也依旧没有放松下来。徐湜再次重复那句每到这种情况都会说一遍的话：“我以为你遇到什么事儿了。”

他坐在沙发上，没有像之前那样辩驳一句，而是沉默着。

“高扬，你犯不着吧。”徐湜的腿轻轻晃动着，坐在他斜对面的沙发把手上。

高扬看着他，汗津津的脖子透露出刚运动完不久的信息，衣领一只立起来，另一只则是塌下去的。胡子刚理过，头发也比前阵子短了不少。

“你也犯不着啊。”他缓缓地说，“今天这里收拾得倒是差不多了。”

徐湜不讲话，停顿了一下道：“公寓管家给叫了保洁，不过干净是干净了，就是东西又找不到了。”

“现在保洁还敢把东西位置给变了？”

“不是。主要是东西都一团，不装起来，都没办法收拾了。”徐湜道，“你没买虾，不过我买到蟹了。”

“你不是买的，你是把冷冻箱里剩下的两只螃蟹又拎出来了。”高扬道。

“好吧，是这样。你又拆穿我。”徐湜说着，走进厨房，把蒸好的两只蟹端了出来。不知确实是蟹稍微有些不太新鲜还是怎样，高扬觉得整个房间有一些微弱的腥膻味，但他很快反应过来，腥膻味不该是螃蟹的味道。

“刚买的羊排，还没有焯水。”徐湜道。

“你要烤羊排？”

“想试试，主要是上次你说不吃牛羊肉，身体有些没劲儿。”

“我不是说不吃牛羊肉没劲儿，是说不吃肉人没劲儿。”

“哦。不过要是一定要吃肉，我还是选牛羊肉。”

“鱼肉也不错啊。”高扬道。

“鱼刺麻烦。”徐湜道，“再说，鱼肉这种肉吃了能有什么劲儿？”

时间又默默过去了近一个小时，每次在徐湜家，高扬就觉得时间过得很快。跟很多年前在 K 家时一样。那时候 K 还跟父母住在一起——不过他自己也跟父母住在一起。对他和 K 来说，黄昏的时间是比较自由的。父母还没有下班，他们在 K 家楼下的台阶上写作业，有时候穿堂风飘过来，作业本被掀起，正在写的那一笔笔画会在纸上呈现出飘起的痕迹。不过 K 不太在意这一点，他只想迅速地写完，但高扬就会把那块笔画用修正液涂掉，再紧紧按住作业本把笔画补好。

有时候，K 的母亲会先回家，她会给二人做西红柿鸡蛋炒饭，或者香椿叶蛋饼外加小米粥。等二人吃完，再确认他们作业已经完成，K 的母亲会外出打牌。而 K 和高扬就会拥有起码两个小时的自由时光，他们打开电视机，调到点播台，屏住呼吸，谨慎地选择自己想要看的动画片的第一集或者最后一集。

最开始的时候，K 对这些动画片完全不感兴趣，到后来他对动画片也依然没有兴趣，但却对紧张地点播非常感兴趣。点播一次需要刷掉五元电话费，这对当时自己家每个月不足五十元的电话费消费标准来说，属于一笔巨款，而使用一笔巨款（有时候还不止一笔）去点播动画片，如果被发现，无疑会挨骂，所以他们只能谨慎选择，因为他们往往只有一次点播的机会。并随时准备好用湿毛巾擦拭每播放 30 分钟节目就微微有些发热的电视机，让它躲掉大人的检查。

那是夏天，K 的双肩总会搭一条刚擦拭过电视机的湿毛巾，当电风扇的凉风吹来，他的身体也会随之战栗一下。或许是那时身体强悍，K 从来没有感冒过，起码高扬没发现他因此感冒过。

“我们是不是该吃些什么？”每当高扬紧张地看完一集动画片，总会如此提议。

然后 K 就会慷慨地从冰箱里拿出一盘昨日剩下的饺子，再配上一罐青岛啤酒，并念叨着：“饺子就酒，越喝越有。”年少时总是不胜酒力，一罐青岛啤酒配饺子喝完吃完，他们就感觉有一些微醺，便双双躺在凉席上睡了。有时候是被到 K 家寻找高扬的高母叫醒，有时候只是被打牌归来的 K 父和 K 母叫醒。更多时候，大人们好像都消失了，整条街一片沉寂，而 K 突然挠着高扬的大腿或者肚皮，又或者恶作剧一般对着高扬的耳朵大口吹气，更或者只是突然吼一声，直到高扬睁开眼。

不知道是不是自己恍惚，天花板上的吊灯摇摇晃晃，高扬觉得自己的身体仿佛也摇摇晃晃起来，他的眼珠和其他身体的零件也在这个大瓶子一样的身体内摇摇晃晃。他想要停下来，只好双手把着床的两端。而K突然清醒地问道："你为什么非要看点播台的动画片，《动画城》和《大风车》，或者我们市台，也有动画片看啊，还带结局。"

"那些动画片有什么意思。"高扬道，"那些是孩子看的，点播台里的是大家都能看的。"高扬故意把"大人"说成"大家"，这样说的时候，他觉得自己终于到了一个消弭"大人"和"孩子"界限的世界。周围一切融合在一起，仿佛因此无序。他甚至主动在K的床上滚来滚去，和K玩闹成一团。等到双方身上的汗味把他们彼此分开。

"不过，"K仿佛故意说"惊人之语"似的道，"点播台的动画片比较好的是，它们好像都在讲发达国家的事。"

"它们不是说发达国家的事，它们只是在讲以后的事。"高扬很笃定。

"以后的事？"K皱着眉，"未来吗？未来又是怎么着？"

"可能是大街上随时有车骑，随时有动画片看，花钱不需要拿现金的时候吧。"他说得很克制，只是说完就意识到眼前只有一锅没有煮好的罗宋汤，而徐湜在洗手间没完没了地清洗餐盘。自来水流淌的声音让他们感到平静。而他看着锅里的热气渐渐上升，直到和天花板融为一体。

“你真的还要干那个？”

徐湜左手托着白色餐盘，大拇指在餐盘边缘滑动。他看向窗外，那是一大片被绕墙生长的爬山虎覆盖的楼房，这些迫近的绿色让小区内其他景物显得更加暗沉。

“要吧。”高扬说。

徐湜把焯过水的绿花菜端上来，上面淋上了一层味道很像康师傅方便面调味料的肉酱。高扬也从座位上站起来，去厨房盛了碗汤。然后徐湜打开空调，调到低温。高扬从冰箱里拿出了两瓶喜力。他们像在两条平行线上互相做完这一套紧密结合的动作，再坐下来的时候，气氛松弛起来。

“太热了。”

他们似乎同时说出了这几个字。但高扬觉得徐湜说得比自己早，他自己是考虑过要不要说“刚才太热了”，只是最终他还是把“刚才”二字去掉了，双手不住用面巾纸抚弄着啤酒瓶上的水珠，直到把整个酒瓶擦拭得干燥而洁净。

“我们看个电影吧？”高扬自作主张地在书柜上翻起碟片来。碟片包都很干净，但里面的碟片布满灰尘。

“阿姨擦得太不仔细了。”他念叨着。

“阿姨过来那天是中午，我在睡觉，醒来之后，房间就很干净了。当时觉得不是在自己家里，有一种宿醉后断片儿的感觉。”徐湜看着墙壁上空荡荡的投影说，“今天是今敏逝世七周年。”

“哦，我说怎么在地铁站看见《红辣椒》了。”

“地铁站还会播那个？”

“就在9号线出口的电子屏幕上，不过只出现了一小下，就被国外新闻覆盖了。”

“那个欧洲女记者被难民强暴的新闻？”

“不太清楚。我看见的时候只记得电视里硝烟弥漫，围了很多人。”高扬否认着，却又虚构着，“应该只是信号不好，串台了，所以我才看见了新闻。”高扬继续说。

“不，可能是串台了，但应该是《红辣椒》串过去，不是新闻串过去。”徐湜道，“今敏的祭日应该就会在影视微信号上出现吧。出现在电视上，也太奇怪了。他那些动画片，怎么都不像给一般大众看的。”

“今敏逝世不重要，宫崎骏是不是逝世更重要。对他们来说。”

投影仪最终播放的是《东京教父》，这部不算非常“今敏”的今敏动画电影。但不知为何，只开始了五分钟，他们就失去了耐心。

但不管是他还是徐湜都没有真去更换影碟。他们仍盯着投影仪打到白墙上的画面——孩子们唱着赞美诗，一个男人在黑暗中疼痛难忍，面部五官不住地颤抖。

高扬一条腿盘在伸直的左腿下，双臂抱着肩靠着右侧墙壁。他微微看了一眼渐渐黑下去的天空，有一两片爬山虎的叶子漫不经心地想沿着窗户缝长进来。

“孙迪要长居德国了。”

“他不早就去了？”

“这次有可能不回来了。”

他们在黑暗中说着话，能感觉出有的话是谁说的，另一些话又是谁说的。但它们交融在一起，又像同一个人说的。高扬努力在记忆中拼接孙迪的脸。他确实见过他，跟徐湜一起，或者跟其他什么人一起的时候。那会儿孙迪还很腼腆，理着一个小平头，个子也不高，脸黑黑的。他是一行人中看起来最有前途的——毕业于英国一流艺术学院，父亲是国内知名美术学院院长。从小在自律又野心勃勃的父母影响下长大，性子虽沉默少言，但如果说话就毫不露怯。倒是高扬自己，至今仍对那天晚上在小饭馆里始终想表达清楚却又最终没说清楚的问题耿耿于怀。

“准确。”他想着，不自觉说了出来。

“什么？”

“孙迪说过的——怎么准确地表达不同人内心的局限性，怎么准确地表现一个有序列的世界。”高扬说完，侧过脸，看到了徐湜低头时露出的双下巴。

“嗯，记不清那天谁还说过的——表达真实发生的场景，反而需要一种不真实的手段。”

墙壁凉凉的触感让高扬想起第一次见到徐淏时，他就是浑身冰凉地躺在自己旁边。那时候他已经睡着了，但当时还是陌生人的徐淏就爬上了床，不过徐淏自觉地背对着高扬。高扬想起这可能是一个朋友带来的新朋友，也便放心地没有在黑暗中言语。直到第二天醒来，看见徐淏还在，才佯装“惊讶”。

“你是宋朗的朋友？宋朗呢？”

“他喝多了，在隔壁房间。那屋里睡的人太多了……”

高扬摆摆手：“没事。来了就是朋友。”说完，他重重地仰躺在酒店的沙发里，双腿叉开。还没等徐淏从他这句略显僵硬的江湖气息回应中缓过来，他又道：“你是不是昨天淋雨了，快洗洗吧。”

高扬记得，当淋浴间响起噼里啪啦的水声，他脑子里突然又想起 K。那会儿还没有智能手机和微信。当时的他只是盯着手机上 K 发给他的最后一条短信，右手拇指不断掀开手机盖又合上。最下面那条短信的内容是：再见。上面一条则是：城东要建个新小区，我妈说你家也在那儿买了房。高扬知道，许是自己没有回，K 才给他发了那句气势汹汹的“再见”。但他又想，如果他和 K 的交流终止在对于城东新小区的讨论上，他可能到现在还是会惴惴不安。但 K 先终结了他们的谈话，让他不必再负有延续话题的责任。这么想着，高扬突然长嘘一口气。

“累了？”

“我只是想到——很多人就这么默默地消失了。”

“也没吧。只是你不再关注。”

“还记得孙迪讲的你们去古堡那次吗？”徐湜继续说。

“是舍利塔吧。”

“……管它是什么。他讲，和宋朗还有你一起去那里‘探险’——他总是喜欢用些很文艺腔的通俗词语，‘探险’或者‘流浪’。反正姑且用这个词吧。说那天宋朗和孙迪一直在喋喋不休讨论毕业后的去向。你一直不讲话，只是拿着手电筒照着前面。等到他们讲累了，你才突然讲了一个故事。”

“孙迪一直记得你说的那个故事，有个小孩在河坡上走，感觉后边有人跟着他，但小孩也不跑，边走边背诵家里人的名字，还背电话号码。但后边跟着他的人不知道那些号码和姓名都是小孩现编的。”徐湜说，“小孩就用这个方式保护自己，用知道得多保护自己。”

“如果孙迪和宋朗谈论的话题有意义，我说不说话都不重要。”

“……所以你残酷……你就算比所有人看得深刻，也不重要，因为你总是不管别人的心情。”徐湜说完，突然有些后悔，可他不想再说一句解释的话。

“就算我不说，也会有其他人说。如果他俩想做自己的艺术，他们会听到比我说的话更难听的。”

他说完，突然又感到一阵羞耻，仿佛虽然说得对，但对得也不够有底气，毕竟他们一直在拍着画着，而他自己呢？他自顾自开了卧室门，又开了外面的防盗门，一阵冷风吹进来，他再次想到很久之前。他和K在预备拆掉的旧楼房内不停地上楼下楼，仿佛想延缓那个夏天结束的时间。而整栋楼千疮百孔，凉爽的风呼呼地在里面穿梭。

“你也不觉得搬家有多么不高兴吧？”K狡黠道，“其实很开心啊。”

高扬看向他，他已经瘦了许多，黑了许多，但也可能是长高了的缘故，整个人像被拉长的香蕉。但高扬也不矮，站在台阶上面，他和K差不多高，只是他越来越壮了，站得过于稳当，怎么看都少了些少年应有的风姿。夕阳西下，他站在K的身体投射在水泥台阶上的长长的影子里，看向比影子更长的那片即将消失的浓密灰色建筑群。那是他们身后，城市无数栋即将被拆掉的房子的投影，它们像塔罗牌一样在他的想象中晃动，继而一座座倒下，就像此刻——如他背后投影仪照在白墙上的画面一样晃动，从微微晃动到剧烈地晃动，直到这晃动模糊了整个画面，随着他的思绪越飘越远，仿佛已经在脑子里画出动画片的另一个结局。

“我有时候会想起好早之前去通州找你玩儿的事。”

如果不是转身看见徐湜边说话边双手握拳再松开接着再握紧的标志性动作，他会觉得这有可能是过去、现在中的任何一个人的声音。

“……我去找你玩儿，你和几个我忘了名字的女生在画室里互相画彼此。你们画得特别欢，我也看得入了神，不是看你们的画入神。就是那个状态，你们在做着和我无关的事，但似乎又不是和我无关。我随时能进那个世界，我也随时可以出来。可以看着，也可以像你们一样画。可以画得让自己满意，也可以不那么满意。都没关系。”

他继续道：“那天后来走出画室的时候已经过了十二点，原则上已经进入第二天了。你们都很累，我也累了，就跟着你们从特别窄的楼梯上走下来，一直走到小区门口前很宽很宽的那条马路上。马路上一个人都没有，除了我们。只是两边路灯都亮着，像等着我们似的。我们中间还路过了一个敞开的垃圾桶，我下意识往里面看。你知道我看见什么了？一幅被人扔在那里的彩色肖像。老实说那幅画儿画得不怎么样，但我感觉特别兴奋。好像一时间所有人都特别用功，做着自己想做的、要做的事。那感觉就是，我也可以，我也应该可以。可其实怎么样？我确实可以那样行动，我还真的那样行动了。但是‘进步’这种事，真的还是需要运气，或者说‘能力’吧。有的人再努力，他还是没能力‘进步’。”

“那段时间之后我总想……如果我能像你或者孙迪那样，可能也是会好些的。哪怕像宋朗那样当个艺术课老师也行。你们都是能创作的人，能画得很好、能拍得很好或者写得好。可我好像连完成一幅完整的东西的能力都没有。很多时候我只要画上几笔，我就知道我画不来。那我想其他的我总是能做一些吧，但好像也不行，还是只能看，不能做，只能想，不能写。”

“画或者写本身不重要。”高扬说，“重要的是在创作的过程中，我们自己的内心改变了多少。画画儿的过程，就是不断修行的过程。”

“这样说确实没错，可连你自己恐怕都不是真的这么想的吧。”

“我真的这么想。”高扬转过身，“只是我们都没办法这么做。如果我们能，我们会觉得活得舒服些。”

门依然开着，整层楼除了徐湜这里，其他房间都暗着灯。高扬知道是因为还有很多家住户没搬进来，所以他才能不为他们的对话在走廊中飘荡感到羞耻。

徐湜站在高扬背后，仿佛在追赶高扬即将溢出他家的身影，又仿佛在挽留这个情景。他有些焦急地想说些什么，即使不能准确地表达，他也希望至少能让自己显得坚决。他冲高扬说道：“你才不关心活得舒服不舒服，不关心因为画画儿或者其他创作上的事能让自己变成什么样，你只关心能不能画好。你只关心那个东西……其他的都不重要……包括我……们。”他说着，把“们”字加了进去。

“我没画出什么呀。”高扬面向他，“我也写不出来什么。你不也知道吗？”

“……你还是觉得自己早晚是能的。”

“你不也这么相信你自己？”他边说边听着自己说的话，好像也因此又说了遍这句话。走廊里的风慢慢停下来，房间地板上飘动的空塑料袋不再发出微小但刺耳的刺啦刺啦声。

“你相信运河能重新造出来吗？”那是好多年前的夏夜，K 眼睛朝上，躺在他家的木地板上，仿佛在对着空气说，但他相信 K 是对他说的。

他躺在和 K 并排的位置上，听着外面黑暗的马路上时而疾驰而过的汽车发出的声音，仿佛也看到它们是怎么在黑暗中打着车灯并气势汹汹地前行。

“它如果造得出来，根本轮不到我们相信或者不相信。”他说完，就俯身做了三个俯卧撑。他一直记得是三个，因为每做一个，K 都看他一眼。这眼神让他紧张，就像他看见 K 那样看着自己时，宁愿 K 还像最开始那样满不在乎的样子，或者根本也别再长大，就像十二岁的时候一样就可以了。他们将继续在对方的身体上翻滚，直到彼此的汗味把他们分开。

“距离上次我们一起画画儿也过去十年了。”徐湜看向地板，明晃晃的地板砖照出高扬的脸部轮廓。

“距离看你演话剧也过去五年了。”高扬接着说道，“距离跟你一起装修这里也过去三年了。”

卧室里的投影仪还开着，但他们谁也没进去关掉，仍是一个在客厅坐着，一个站着，仿佛在跟另一个状态的自己彼此僵持。

“其实已经过去那么久了。”高扬看了一眼卧室墙壁上投影仪打出来的画面，“一样的东西，不同情况下看，就像看了另一个东西。”

“那就不看了啊！”徐湜突然嚷道，“为什么还要看？这难道不正说明那些时候都已经是过去式了吗？”

高扬看着他颤动的面部表情，可能因为这表情激烈，让他觉得它一度溢出了徐湜这张脸，在整个客厅飘荡。连带那些和这样表情相关的记忆也出现了——有时是在徐湜家和朋友们一起吃火锅，有时是宋朗提着几瓶白葡萄酒去他家，始终有不同的朋友和朋友的朋友来来去去，有的只出现一次就迅速被遗忘了，但不管出现过几次，现在那些脸都和他们自己那时候的脸重合在一起。

还有 K 背着双肩背包走进他家的黄昏。那时候他和 K 都已经二十五岁了，但 K 还背着过去的那个双肩背包，这让

K整个儿显得像一个大儿童。他记得K的脸变得又白又圆，仿佛是气血不足引起的虚胖体征之一。K坐在他对面的书桌上，抖动着双腿，问自己能不能搬进高扬的家。

“你要抖就抖一条腿吧，别两条一起。”高扬看着他的膝盖继续说道，“我们都上班好几年了，不是还在上学……你也有你自己住的地方不是吗？”

他说着，眼睛不住看向外面的爬山虎。如果说现在和那时候有什么相同之处，那就是他依然住在有满墙爬山虎的老式楼房里，每一次都要回答一遍房东狐疑的提问：“你不是本地人吗？怎么搬出来自己花钱租房？噢，还是东区人？家里大房子不够住？”直到后来，他自己也冒充起一直在外地跟随祖辈生活的孩子，又或者编造父母是知青的谎言，以便让自己显得对这座城市并不熟悉，跟父母更不亲密。好像只有这样，他在这座城市的流窜才显得合理。不过，随着搬家的次数多了，也很少再有本地人问他为什么租房。他蓄起了胡须，让自己的脸多了些棱角，更符合自己的实际年龄。最开始，他和朋友们住在同一个小区，后来，每一次搬家他都会不自觉搬到离他们有些距离的地方。到后来，他离他们居住的街区足足有二十多公里。再到后来，这些人之间也互相离得越来越远。孙迪出国，宋朗去了郊区国际学校教书。还有一些其他人，论坛的朋友，话剧团的朋友，画廊的朋友，出版社的朋友。他们之间的聚会从每周一次变成不定期。到现在，除了徐湜时常会联系他，其他人，他已经不再知道他们的消息。不过这并没有让他觉得失落，毕竟也是他自己选择离他们越来越远的。有时候，那个经年不登录的论坛还会往他手机发送一些提醒。多半是当年认识的人又参与了什么展览，在书店做了新书活动。当时一个跟大家不咸不淡的人这几年做起了独立出版，给每个论坛里的朋友都出了本书，有一次还问到了高扬。

“干吗不出一本？我记得你之前写过的诗也很好。”

他用了“也”，这让高扬不悦，以至于直接把他拉进了黑名单。

“其实我前阵子看了个短视频，觉得是学你的。”徐湜说，“他把四十个人的日常生活剪辑在一起。这四十个人挺奇特的，有的人除了工作室就是起居室，除了创作就是阅读。有的人日常就是疯狂加班和叫外卖，除了 KPI 就是 KPI，你会觉得他们没有精神世界，但当这些人的生活交织在一起的时候，会觉得他们很相似。不会觉得那个过着显而易见精神生活的人过的是更高级的日子，过着更值得信赖的时间。也不会觉得疯狂赚钱的人就是陷入自己的具体，会觉得他们同样很高明，甚至更高明。”

“你说得好。”高扬道。

徐湜一愣，转身想把门关上，可刚踏出一步又收了回来。再过半小时，最后一班地铁就走了。高扬看着半开的房门口，盘腿坐到了沙发上。过了一会儿，他躺下去，半截身子都埋进了沙发软绵绵的肉体。

“这话是你以前说过的，只是我看那个片子，又想起来了。以前排话剧的时候，我每天很焦虑，本子拿在手里，随时想随时改。有次排到一场戏，需要几个不同经历的人物同时上场，但怎么排都觉得不对，我当时知道是写得不对，但不知道怎么写。最后还是你说了——那场戏，是要表现他们共有的对生活的追求，但不是让他们去表现共同点，而是在那样的情况下，他们依然是不同的。他们面临的人生不同，解决的方式也不同，所以他们反而能插进彼此人生的缝隙之中，在不断对别人的审视和观察中，不断解决自己的问题，在这种解决问题的过程之中，他们整个团体的面貌才有所变化，同时还能葆有紧密的精神勾连。那场戏之所以要有，就是需要让人物知道这一点。回到刚才说的那个短片，里面那些人所面临的具体生活的差异性在视频剪辑过程中被淡化，反而更多看到的是他们作为人的品质，那种品质的色彩是相似的，都是向上的，只是他们各自的迷茫程度不一样，有的人更清晰些，有的人更混沌些。但看完你知道，他们是一个整体，他们彼此是如此不同，但他们正在构成眼前的整体。”

“我说不了你那么好。”高扬道，“你能说出来，这些就是你的东西，我说没说过不重要。”

客厅的灯光暗下去，徐湜低头看了眼地板，又看向他：“那片子你知道谁拍的？”

“嗯？”

“柯一文。”

高扬愣了愣，突然不知道说些什么。不过他并非完全不知道 K 在跟他断了联络的这些年，做过些什么。毕竟，有那么一两次，他曾在社交网络上看见有人分享和 K 有关的链接，只是他没点进去。他脑子里能想到的 K，有时候是年少时那个心不在焉、时常自作主张的人，更多时候是他二十五岁时一脸阴沉之中透着的自负。当 K 从他当时的住处走出去的那几十秒，他听着他的脚步重重敲击着走廊深处的大理石地面，内心已经为他判了“死刑”，起码是“死缓”。他觉得 K 将从那天起逐渐迈入平庸，而 K 当时看起来还有那么一些不同，只是因为 K 仍是个“年轻人”。但，所有“年轻人”都会老的。

“特别好。”他在房间内张望了一下，“跟我想象中不一样，但还好是不一样。”说完，他觉得轻松了一些。好像一瞬间，那个成长中更为狭隘的人变成了他自己，而他始终会回想起的 K 的一些东西，也仿佛可以被他理解。在他不关注 K 的这些年，他实际上一直在以另一个方式理解 K 和他自己共度的时光。

“柯一文没学我。他能拍出这个，是他自己的事，跟你一样。另外，这只是看到的，看不到的地方，他是什么样，我们也不知道。”高扬看着他，“你写的话剧本子，你写了，那是你的，不管是受到什么启发，那就是你的。”

他说完，眼睛看向天花板铺着的格纹墙纸，看久了会觉得上面无数个小色块在眼前穿梭不停。挺好的。他想着，并管住自己没说出来这三个字。走廊变得更加安静，窗外也是，他甚至能听到轻微的风带动着周围事物发出的声音，从遥远之处不断逼近他。他突然想走出去，但似乎动弹不得——不过他很快意识到是自己仍不愿走出去。他躺了一会儿，直到感觉最后一班地铁也走远了，才挣扎着坐起来。

“你还是回去？”

“我想骑车回去。”

他们说完，各自拿着各自的包，一个拿着双肩包，一个拿着单肩包，从楼上走了下去。不知为何，都没有选电梯。他们脚步很轻，但声控灯还是感觉到了两个人的声音。一路走到七楼，灯也亮到了七楼。

“这些灯亮，是不是因为这边都没住人？”高扬说。

“上面可能是吧。这两层，现在不知道是干吗的了。反正最早是个网络直播公司。好像老板是鄂尔多斯土豪，不过刚办够一年就快倒闭了。我搬过来之前，他们就已经倒了。那回我们一起搬完东西不久，有个科技公司又想承包，听说是给一个网络节目做虚拟偶像的，你知道的，就那种电视上和真人一起出现的综艺角色。全息投影技术出现的‘人’，邓丽君这几年还用这个办过演唱会。不过，那家公司有个项目是做了一半吧，后来可能不够成功，又散了。”

“国内的虚拟偶像？”高扬道。

“对，你该很熟悉的。有次我们从外面吃完烧烤回来，迎面就是几个红头发的人，看起来长得一模一样。后来还是你说的，只是化了一样的妆而已。”

“哦，你说那几个好像 cosplayer（角色扮演者）的人。哈，不过那个扮相，我还以为是哪个国产漫画里的。”

“我也不太懂 cosplayer 和虚拟偶像有什么关联……反正有段时间……就是你搬出去之后吧。有段时间，楼下经常叮叮咚咚的，也不是那种很明显的迪厅或者夜店的声音，就是一团……很多人说话的声音，夹杂着很多歌曲的声音，还有键盘的声音。后来才知道，那都是八楼发出的声音。当时我就惊呆了。我住十一楼，还能听到八楼的声音，那九楼和十楼的人呢？还有楼下的呢？然后我向物业反映，结果，太可怕了。我才知道九楼和十楼当时没有人住进来，而且六楼以下也没几个人——所以除了我，据说只有两个大爷投诉了。真的吓人，我心想这不是老小区吗？怎么能不住人？后来才知道，很多人都拿了拆迁款，要搬到东区去的，哈，就是你们家那个小区。反正当时我就说从外面看怎么觉得小区怪怪的，原来里面是空的。但是从要拆迁到现在也三年了，没见真的拆。倒是后面的几栋楼，刷了好几次的‘拆’字，油漆褪色了，他们就又刷上。前前后后折腾了三四次吧……直到现在，也没说什么时候拆。”

“好几块儿都这样吧，一直说拆又好几年不拆。把很多人挤到东区去住了，东区房价这几年越涨越凶。虽然没这边贵，但也快赶上了。”

一路走到三楼，才感觉人气厚重了些。也是这么走，高扬才意识到越来越不熟悉这里了。或者说，在他刻意跟这里保持距离的日子里，他也忘了这里人少的事实。但很奇怪，如果这些人都搬到了东区，那父母家那栋楼怎么也住的人很少。难道是他观察不仔细，忽略了那些住在小区里其他几栋楼的人？他希望是自己观察不仔细。但偶尔在父母家醒来，在小区跑步时，也觉得偌大的小区除了七八个老人，看不见其他人了。唯一一次，是他走到一公里之外的菜场买菜，发现异常喧闹。一瞬间，好像消失的邻居都去做了小贩，或者去了外地，去了更大的城市。总之，他们的身影仿佛都被涂抹掉了。连父母也不再流连各种棋牌室或者老年舞蹈中心，热衷居委会大爷大妈聚会的母亲连最近几次的活动都不去了。据说活动从每个月一次改到三个月一次了，但就算是三个月一次，很多人也没来。

“也不是没来，有的人估计是老掉了。”母亲眼皮已经耷了下去，眼睛看起来越来越小，说话的时候，嘴唇惯性抿上一抿。导致母亲虽然大量头发还黑着，但整个人气质上已经完全是老人了。

“如果老掉了，你还不知道？不得去送一程啊？”

“知道什么啊。有的老姐妹早就不能动了，有的痴呆了，有不痴呆的也跟儿女去外地了。几年也不走动一次，不像你们年轻，我们之间早就互相忘了。”母亲不断说着，听得高扬心下一凛。仿佛和小时候的情况一样，和自己现在面临的情况一样。无数人消失，精神上的消失和物理上的消失。大人完成了自己的职责（比如给孩子做完了饭），就出去打起了麻将或者关上自己卧室的房门看起热爱的电视剧。而在这几小时的间隙中，大人们对孩子来说就是消失的存在。他们的身影隐没下去，声音也消失了，时间也仿佛不再像过去那般流逝。他能感受的世界相比童年时依然没有太大变化，只是房间重新变得空旷——不只是他住的房间，更是他房间之外的，这城市里的无数个房间，无数栋楼。它们重新变得空旷，很多人在消失——曾经的大人，现在的老人，还有他的很多同龄人，又或者同龄人的下一代。当然，也有新的人拥进来，也有一些外地人拥进来。可没什么用，曾经熟悉的人消失了，城市重新变得陌生，很多空间被压缩，另一层空间却被迫变得肥大。而它生活在“城市”这个陌生的大房间里，感受四面八方空荡荡的风，仿佛自己怎么走都可以，却又不能真的随意走，仿佛到处又是无形的禁区，仿佛一不小心会踏进一座写着“拆”字的危楼。

“其实我不是很喜欢看漫画看动画片。”K 曾经在地铁里说。那时候他们已经大学毕业，彼此都不知道要做什么，只是在那个夏天不停游荡。

“那为什么还看着？”高扬盯着他手里的漫画杂志。

“可能是，像平行世界吧。”K 憨笑了一下，“好像活在一个平行世界。画风更新换代挺快的，新词也很快能被写进新的漫画里。”

“电视剧和电影也是啊，网络段子也是啊。”

“那些还会觉得是在现实里，即使现在的人用古人的话来说话也是，你会发现人最本质的气息都是一样的。还有，不管是在保加利亚还是在中国，不管是在巴黎还是在上海，仔细想想仔细感觉，就能知道，其实还是一样。很多人之所以能看出那么多不一样，还是他们心里想要看到不一样而已。可是，我对他们那个‘不一样’，没什么兴趣了。”

他想着 K 的脸，在声控灯下逐渐显得暗淡、混沌，即将被稀释——和他看到的被拉长的，他和徐湜的影子一样。他知道，这影子会一路蔓延，一直和小区的路灯灯光接壤，和小区外的二十四小时便利店接壤，和很多城市亮着的灯接壤。或者，跟那些逐渐不见了的人接壤。

“可动画片里的人，其实也没什么不同啊。只不过他们存在的模样，去掉了作为人的棱角而已，但他们的棱角，又在他们的逻辑里有什么不同吗？本质上的世界观还是跟人的一样啊。”

“动画片毕竟是人拍的，怎么可能比人的社会高明？”

“动画片里的世界总是未完成的，所以看起来更有可能性。但问题是，我们要怎么找到一个真的‘不一样’的东西。不是无数线头，也不是很多可能性，而是一个完整的‘不一样’的东西。”

最后一句话，他忘记是他说的，还是K说的，又或者是生活中出现过的什么人说的——他的回忆段落之间不断互相打架，又构成整体。不过，不管这话是谁说的，它又冒出来了。在他和徐湜的影子逐渐接壤的那一刻，他问道：“那种全息投影设备搞出来的人，那些虚拟偶像，现场是看不见的吧？”

“现场？”

“就是比如演唱会舞台下的观众，或者电视节目下面的观众和场外看直播和转播的观众，台上的人，看不见这个东西的存在。”

“不只台上的人看不见,据说台下的也看不见。”徐湜道。

“啊?”

“听说前阵子有个选秀节目，有个虚拟偶像进入了最后决赛。结果有记者去了现场偷拍，除了确实看见很多人拿着设备围着舞台转圈，完全看不到这个‘偶像’的身影——他不存在。台下的观众看不见他，评委和主持人也看不见。甚至连声音都能明显感觉出来是合成的。但是看直播的观众在欢呼，他们疯狂投票，却不知道这个投票的‘偶像’，在舞台现场只是一团零乱的声音而已。”

“真相这么暗淡，比我想象中还暗淡。”高扬说。

“还能怎么有光泽?”徐湜道。

“比如，如果你这栋楼里，不像现在这么空，而是每个房间里都有一个虚拟人物。然后，在遥远的地球另一端，有人遥控着这些人物的存在方式和行为方式。他们将在小区里乱窜，代替那些‘消失’的人，充实我们的生活空间。”高扬突然兴致勃勃起来，“那时候，骑共享单车的，或者说调动共享单车的，不只是我们，还有这些东西。这些东西也会组成一个‘社会’，甚至跟我们竞争。而且他们还不是实体的，比机器人更容易清理。唯一的问题就是很难让他们长久，他们可能比机器人还‘活得’不长久。那时候将会是什么局面?一排排虚拟人物以超出人类更新换代速度无数倍的速度在更新换代。甚至在他们那个‘社会’，科技发展得更尖端。但再尖端也没什么用。因为他们只是‘影子’，很快会消失，一旦消失，他们取得的成果不会被‘下一代’继承和发展，而人类，就一遍遍看着他们发展，然后快速消失，再看到新的‘一代’他们起来，再消失。如此不断开始，不断覆灭。”

“听起来很有意思，但有可能这就是一个虚拟人物组成的真人秀节目啊？跟《楚门的世界》一样。人们在外围，看着这些虚拟人，甚至他们‘发展’出的‘尖端科技’也只是虚拟人项目的一部分。不过是把物理的一些概念换成现实可能存在的东西，然后作为影子，和虚拟人一同生存。”徐湜说。

“哈哈，很有意思。”高扬道，“不过我还是倾向于相信实验是根据人的自省程度存在的。”

“怎么讲？”

“就是人改变一点儿，虚拟人也相应会有一场变革。确切地说，不是虚拟人是人们的实验，而是人的生活本身就是一场‘实验’。这个‘实验’最终走向的不是‘牺牲’和‘重建’，而是始终在开始，始终在继续提供力量，提供生机。”

“……哈哈……这不就是完整的不一样的东西吗？”徐湜站在他的对面，说着仿佛高扬应该说的话。他们面对面看着，好像彼此的意识互相走出了很远，又双双回到这个躯壳。

他们向前走着，影子不断交会，又不断分开。他们生活中那些“消失”的人似乎也加入了进来，构成他们向前走的影子，让他们的影子变得更宽阔、更结实。直到他俩各自的影子对他们彼此来说越来越小，渐渐溢出小区的深处。

他常常经历着不被理解的最好的事

北京风沙大起的时候，齐彭住在望京小区某个高层顶楼，夏天没空调，冬天没暖气。有一天，他揣着压扁的面包，穿过几条马路，一群韩国人在SC美术馆西门入口处瑟缩了一下，继续驼着背大步流星迈进去。那里正在展出宋子义和高扬的画，还有一个展厅放着没来得及撤下的伦勃朗和提香的作品。美术馆曾对学生免费开放，不过现在不行了。过去仅有三个展厅，如今扩大到六个。最中心的一个，是艺术家做讲座的地方。有一段时间，每周都有艺术家来，但这半年，它陆续挂着几个青年画家的群展，不肯撤下——有时恰逢经典作品巡展，这些画被堵在中间，显得非常可疑。不过那次齐彭要去看的，是宋子义、高扬逝世50年后第一次在国内的个展，SC美术馆腾出了所有展厅。走进去时，他觉得美术馆前所未有的平静。

首先看见高扬三十岁时画的《剧院女工》，也是他最有名的作品——几个刚从台上下来休息的女芭蕾舞演员，其中一个跷着脚、抽着雪茄；另一个扶着墙、一只脚在地板上转动。还有一个背贴墙的矮瘦少女，双臂保持着舞台上的线条感，一条腿呈尖钩状挨着另一条腿站着，唯一稍显松懈的，是直立的那条腿。这幅画儿被当成高扬三角构图系列的典范之作，要说问题，或许是抽雪茄的女性表情激烈、手势娴熟，看画的时候总让人觉得她不合时宜。不过齐彭对此没什么感觉，反正这幅画儿画得怎么样，他都不感兴趣。

《剧院女工》背面的墙上挂着宋子义的《奔月》，如果从美术馆另一个门进来，首先会看见的是《奔月》。给这样两两齐名的艺术家做展，委屈了任何一个都不妥。齐彭看见《奔月》，不自觉笑了笑，双手交叉放在身前，左腿轻轻晃动，很快又并拢。接着，再次不自觉摇摆起来。宋子义喜欢从神话中取材，构图和场景布置皆有气势。高扬的画儿多使用细小的曲线，所述情感幽深细腻，他的画儿对齐彭是关闭的。宋子义的这幅，齐彭也只是有好感，至少他不能坦然地说自己喜欢。

这两人的名字多年来不曾并列出现，一定要追溯，仅上海图画美术院的第一次毕业展上，二人的画儿曾同时出现。当时，他们中间隔着徐夕的《牧场》，只是多年后，关于徐夕的作品评论渐渐变少，倒是两边的宋子义和高扬，一次次被提起，在拍卖市场的价格也越来越高。可外界反复提起的那些画儿，齐彭不以为然——什么《教徒》（宋子义 1930 年作品）、《平原》（宋子义 1936 年作品）、《寂静的少女》（高扬 1927 年作品）、《在迈阿密》（高扬 1937 年作品）等等。但看完一个个展厅，一路全是这些，齐彭有些没了耐心。他的球鞋摩擦着展馆的木地板，发出刺啦刺啦的声响，仿佛在故意引起注意来掩盖内心的急躁。他从画儿渐渐看到展馆中的观众，直到发现这些人的面目更平淡，才又将视线投向墙上的油画。

宋子义这次搬来的画儿并不多，但多是大画，且他鲜艳的色彩让人印象深刻。高扬的画儿很多，不过除了前面几幅，多是小画，看起来密密麻麻，又总觉得作品没有宋子义的多。高扬在 20 世纪 20 年代去了美国留学，一开始生活潦倒，画过不少商业作品，后来很多人说高扬就是这样败坏了自己的声名，但宋子义不这样认为。后来高扬渐渐在国外有些名气，生活也好了点儿，一度邀请宋子义远离国内的环境，但他拒绝了。1920—1928 年前后，宋子义被限制人身自由，只能画静物和女性。以致后来有不少人说，那是宋子义和高扬创作主题十分相近的时期。也是那段时间，高扬画了《剧院女工》，宋子义画了《八骏图》。齐彭在 B 展厅看到《八骏图》，那画的是八个表情张扬的女战士，想想这些女人原型都是妓女，心里觉得很讽刺。不过隔壁高扬一排风景画让他又平静下来，只是这平静来得有些突然，他皱起眉。

这组画儿是高扬二十岁前后在美术学院画的，和他在美国的那些风景小画不太一样，笔触相对刚硬、莽撞，少了后期的流畅与柔和，但组合在一起又有怪异的风采。色彩呈现出隐约明亮的灰色质地，花园深处有片片芳草点染，他心痒痒的，仿佛最好眼前就是一个画架，让他可以马上坐下画画儿。

不过，尽管如此，他期待看到的惊艳转折、起落瞬间，这画儿中都没有。宋子义的画儿尽管看起来更有气象，但那更深一层的东西似乎又和时代靠得太近，他觉得无法进入。这二人在自己老师口中，都是天才式的人物，可他觉得并没有那么杰出。直到又一转身到C厅的时候，才有些发颤。

那是一幅巨大的大卫素描全身像。在《图画美术院50年》纪念画册上，他看见过这幅画儿。不像后来无数翻版的大卫像讲求肌肉和线条，这幅素描把大卫画得很像现实生活中的人，且画出了雕像的质感，空间感十足。一层真实感和一层时间感联结起来，气息浑然，又带着隐隐迟疑，某种莫名的光芒在雕像上流淌，却不知流淌到哪里，让他为之一振。

有人说它是宋、高二人在美术学院学习期间所画，也有人说是高扬去美国之后画的大卫，最多的说法是——宋子义十八岁时画过这样一幅画儿，后来遗失，高扬为纪念他，补画了一幅。直到现在提起大卫像，很多老师还是会从教学资料中拿出这幅画儿的照片放给学生看，在某些艺术网站上，还有这幅画儿的解说视频。齐彭曾在教学片中看过原画，都不如此刻震撼。尽管纸张泛黄，很多细节模糊不清，但他清楚这画儿自己画不出来，这样一想，他有些沮丧。

不过，尽管这画儿有英姿，可出现在展览上，还是显得不合时宜，仿佛出于主办方的特殊喜好，非要在几个展厅的交叉位置摆放它。齐彭在地面上滑行了一下，绕到这幅画儿背面。他喜欢它，但他很快知道看不出更多了，只好移开视线。

最后一个展厅摆放着二人同窗期间的画儿，和他们后期的作品不同，保存得不是很完好。唯高扬的《女同学》保存得不错，这是被高扬当时的老师徐在湘激赏的作品。只是现在看来，关键处有些过于用力，加上人物看起来不特别，齐彭只扫了一眼就转移了目光。《女同学》旁边是宋子义的《码头》，技术上显然比高扬流畅。他读过徐在湘晚年的《新年杂忆》，徐在湘当时说这幅画儿“各自有头脸，却泯然众人矣”，宋子义当时不服气，徐在湘又说“多处用力，实则不用力”，年少的宋子义当时不以为然。倒是高扬的画儿被徐在湘当着宋子义的面表扬，说它“硬朗又清晰”。在教过的学生中，徐在湘只说高扬准确，即使宋子义逝世之后在欧美名声大噪，他也未曾表扬他半分。当然据说他还表扬过很多人，但那些人都被遗忘了，于是当年的表扬也没人追究了。

齐彭看《码头》，只觉宋子义画得好，但或许又只是画得好了。这后面一个念头让他心中一惊，仿佛看出了自己多日来的感受又不敢说。他伸了伸脊梁骨，觉得自己是关键处绵软，不重要的地方倒纠结过多，因而显得轻飘飘，不强壮。这想法在他心中闪着闪着，他不禁着急回画室画画儿，可迎面一个亮晃晃的银漆皮速写夹让他突然清醒。

来 SC 美术馆画画儿并不稀奇，最开始的时候齐彭也经常来这里临摹。但即使是很多被自己判断不够出色的作品，再仔细跟自己的画儿对比时，他仍深觉挫败。它们有的整饬他没有，而他想画的，又总画不清朗。以致他后来很少来这里临摹，即使被好画儿勾起心思，也憋着回画室。这么想着，拿着速写夹画画儿的短发女生倒显得特殊起来。她个子高，看起来是个大骨架，如不细看，红色粗框眼镜后面还真雌雄莫辨。只是她双腿并拢，透露出一丝不易察觉的精致，让他不敢轻易搭讪，只悄悄绕到女生后面想看一眼——只是他没想到女生画的是自己。

“别人来美术馆都临摹馆藏，你怎么画起路人了。”齐彭脸有些红，右手手指在掌心摩擦着。

“路人不是美术馆的一部分？”女生中指扶了扶眼镜框，“每个美术馆的路人都不一样。”

这话齐彭记了很久。即使现在，每当回想起 2007 年，他还是会记得 SC 美术馆的那一天。

之后，他考上南方一所美术学院，头两年还顺利，到大三，他发现自己始终无法进入真正的艺术创作。毕业头一年他在中学当老师，业余在高考培训中心挣快钱。偶尔和北京画室的同学还会联系，谈起当年的风沙，对方说："现在都说雾霾了，谁还关心风沙？"

"那北京现在还有风沙吗？"他追问着，而对方的头像已经黑下去。

转折发生在一年前，齐彭觉得还是要画画儿，于是从学校辞职，在西北地区一路逗留。遇上天气好的时候就在户外写生，天气不好就拍照回到住所画。他认为，只要再经过一段写生的过渡，他可以找到自己的创作灵感。可不管怎么画，他好像都被拒之门外。越没信心，又越希望能画好。为缓解压力，他开始在写生的时候搞无数心思，并把其中一幅投给新青年艺术展，没想到拿了银奖。颁奖的晚宴上，满场英文流利又笑容夸张的青年，简单交换了微信号，齐彭不知道还能和他们说什么，只好再逃。

齐彭先跟着一个艺术项目去阿姆斯特丹待了一段时间，又去美国的多赛设计学院参与在那里留学的同学许恒的创作计划，一路下来，他内心全是沮丧。直到临近回国的晚上，许恒问他要不要去 SC 美术馆的短期课程当老师。

"又当老师？我刚从学校出来。"

“是SC美术馆啊。我记得你以前老去那儿画画儿。”许恒说，“课程有点无聊，主要针对素人画家。好处是能看到很多外面看不到的画儿。”

“外面看不到？”

“你不知道吗？SC美术馆把很多散落在海外和民间的中国画家的画儿搜集过来，每三个月内部展出，只面向VIP会员。哦，偶尔也有不常见的国外名画儿。”

齐彭当然知道SC美术馆VIP会员的分量，但还是说：“又有什么特别？难不成比欧罗巴三杰还好？”

“三杰好，可你在三杰身上看到了什么好？”许恒继续说，“我只是觉得说不定这些有破绽的画儿真能让你有点儿感觉。虽然我一直觉得你不是没感觉。”

“你的意思我明白，可我试过，没什么用。”

“我记得你大学时喜欢高扬和宋子义啊。”许恒说，“不过对外你总说自己喜欢巴图那。但除了《无名画家》，我也没觉得你真关心巴图那啊。”许恒狡黠一笑，“反正这次你就去发现一下呗，说不定有更值得‘虚构’的‘高级’。”

“你这是赶我走了。”齐彭道，一边想着自己已经买了明天的机票，可许恒不知道。

正式去SC美术馆的时候赶上北京立秋。天气说冷不算冷，但因为有风，齐彭觉得冷。他穿着绿色大衣，背着白色双肩包，手中还提着画箱。再加上地铁站汹涌的人群，他几乎觉得自己又回到了艺考的时候。不过，真到了美术馆，他才意识到自己要教的根本就是一些没有多少艺术鉴赏力的富太太。她们大概只想画几幅精致的油画挂在自家客厅。直到第一堂课结束，走进许恒口中只有少数人才能进去的展馆时，他才稍稍有些振奋。但他振奋不只是因为确实发现了一些少见之作，而是他看到了下节课的老师——画出了《正北方》的张卿。

尽管齐彭没觉得《正北方》多好，但他知道无论它好不好，他现在都画不出，加之画者和自己同龄，他多少更关注些。展馆窗帘拉着，光线有些暗，他觉得贸然走过去拉窗帘不太对，于是又想开灯。

“关上。”

这声音把齐彭吓了一跳——这分明是个女声，可他一直以为张卿是男人。他慢了半拍似的道：“你看了那么久，是看谁的画儿？”

“高扬。”张卿道，“不过也可能是徐在湘的。”

“我只知道他和宋子义一起画过，没想到还和徐在湘一起画过。”

“徐在湘晚年很多画儿委托给了高扬，据说后来都被高扬改过。”

“有这事儿？难不成包括《丁酉组画》？”

“哦？看过《丁酉组画》的人不多的。”

“就是这个展厅，2009 年展出过，看的人很多。”

“我的意思是，看的人很多，看过的人不多。”张卿说着，转过身走了出来。

她的口气让齐彭有些不悦，心想画《正北方》的人居然是这样的。不过他还是坐在最后一排，想听听张卿会讲什么。

只是她又看向他：“那个，你，还是出去吧。”

“我不能在这儿？”

“你存在感太强了，我注意力分散，讲不好课。”

齐彭哭笑不得，只好转身进了刚关好门的隐秘展厅。许恒确实没说谎，仔细一看，这些作品张张有看点。这让他对选画人有些好奇。如果把这些画儿公开，甚至这些人的艺术地位可能要重新掂量。他绕着它们走了一圈，美院毕业后，他就很少看画展了。大部分时候他躲在画室里写生，因为画不出自己的创作，这是唯一能安慰他的方式。时常学生放学，他的时间才开始。

齐彭注意到四面墙壁交接处各挂着一幅一模一样的作品，走近一看，发现是巴图那的《无名者》，它和《无名画家》创作于同一年，是巴图那“陌生人系列”第一批组画的第一幅。画儿中一个穿长袍的长发僧人赤脚走过茫茫戈壁滩。画这系列的时候巴图那刚刚三十岁，组画完成后他回到故乡，中间经历了几次时代动荡，一直不肯从故乡出来。到晚年，他执迷于画风景，一片荒地或者平原伸出去，一个人都没有。大学的最后一年他很迷巴图那，有一段时间，他觉得自己或许也可以这样创作。许多个晚上，他悄悄走进画室，开着灯，或临摹巴图那的作品，或自己画，夜晚很安静，可他找不到自己那一束声音。

四幅《无名者》形貌看似一样，其实仅一幅形象更为准确，齐彭觉得它们应该创作于不同时期。也或者，只有一幅巴图那的作品，其余皆仿作。可这些画儿是怎么齐整整挂在展厅里的？他很好奇。

从蓝玉、徐在湘、江滔，一路看到巴图那、高扬、宋子义、乌蒙、徐夕……图画美术院和北平艺专的学生占了大半。还穿插 19 世纪欧洲自由派和日本感觉派的作品。多是近些年逐渐被重视的画家。摆放的方式看起来漫不经心，实则心思细密。比如蓝玉的画儿更多和自由派挂在一起，徐在湘除了最出名的几幅，基本都和高扬的挂在一起。唯一让他不平静的，是很多第一次得见的画作，让他仿佛看到一缕逐渐闪耀又慢慢暗淡的光芒。

“齐老师也对这些感兴趣？”是张卿的声音，齐彭这才发现她其实很矮，加之五官线条柔和，此时的她仿佛比刚刚女性化许多。

“哦，我还想这么问你。”齐彭道。

“这里有几幅普斯。我想看看。”张卿说。

“我看过您的《正北方》，背景中那一片海景是对普斯《海岸》的致敬吗？”

“你可以跟网上一样说‘抄袭’。”她自嘲着，“不过，要说致敬，其实致的是罗德。”

齐彭大抵听过这些议论，而她话中隐隐的自负和自信，让他接着话茬道：“罗德和普斯还是不太一样吧。”

“普斯《海岸》有一半就仿照的罗德《林荫路》。”

“哦。这我不知道。《林荫路》倒看过，罗德的细节做得准确，那画儿也是细节堆叠出来的。”齐彭故意道，“不过光普斯四分之一的《独立日》就把罗德甩下去了。”

“普斯一直在挑战自己的局限。和他相比，罗德强调完成度。”张卿道，“所以西多菲说，‘罗德和普斯相比是小画家’，但他也说了‘普斯的画儿虽然豪阔，但他呈现的世界自己也不确定是否准确，罗德虽然在一小块地上耕耘，但始终保持着属于他的清晰和准确’。”

“属于他的。”齐彭重复道，“不过普斯的准确就在他确认准确的过程中。”

“如果这么说当然没错。”张卿看了他一眼，很快走向另外几幅画儿。而齐彭不觉看向挂在展厅最高一排的《中国街》，半身赤裸的画家打开出租屋的窗，外面街上从卖各种小食的，到仆人装扮的黄种人，每一个人脸上的表情都不一样，但他们却似乎交织出同一种东西。这是高扬四十二岁时画的，齐彭花很久时间临摹过。当时的老师说：“高扬把许多声音幻化入一条声音，你是把一条声音拆解成很多声音。”这话他记得深，但始终没想到怎么解决，也就耿耿于怀至今。

他站在椅子上近距离看这幅画儿。从前他临摹的是照片，这次看见原画，只觉得这当然是一种声音，因为画家看出去的眼神就是这一切的底色。

“刚才说罗德，我倒突然想起高扬了。不过他还要更打得开一些。”

张卿扭头看了他一眼，脸上肌肉微微抖动了一下：“我想起巴图那说的‘每个人最熟悉的语言都来自童年’，高扬画《中国街》的时候已经离家近二十年，可那画儿上的人，和他早年画的老家其实没太大区别。”

“《中国街》上的人看起来还是高扬以前画儿里面的人，可高扬自己变了。”齐彭说着，渐渐少了些紧张。他把手放进口袋，接着又拿出来，然后他双手交叉在前胸。

“他是变了，可画的还是他自己，还是那一个市声。”

“很多声音也可以复合到一种声音。”齐彭说，“《中国街》之后，高扬画了《白海豚》。”

“我喜欢《白海豚》。”张卿微笑起来，“不过那画得不像海豚，像鲸。”

“有可能本来就是照着鲸画的。”二人说罢，都停了下来。

齐彭站在普斯的《沐浴中的母亲》前看了一会儿，坐下来的瞬间，他发现旁边的画儿就是罗德的《家庭教师》，还有高扬的《东区》。

“这是普斯‘瞬间’艺术展上的一幅，没想到这边还有。”张卿道。

“还好，毕竟我也没带画板。”齐彭微微有些僵硬，“有阵子想临摹这个，不过感觉画得怪怪的，就停了。”

“我很少临摹。”张卿说着，试图让语调慢下来，“不过我临摹过巴图那的。”

“巴图那哪个？”

“他上图画美术院时期的那幅《马路》。”张卿道。

“那幅干净。”齐彭说。

“不过巴图那后面所有的组画系列几乎都是对当年那放眼一望的世界的变形和深入。”张卿道。

“深入确实有。不过我没觉得是变形。巴图那说过‘每个人最熟悉的语言都来自童年’，但还有后半句‘每一个童年的真正确立，是这个人最后站的位置’。现在说巴图那的画儿跟那时候有关，不还是从《无名者》开始，他真的画出了自己的准确。”齐彭说。

“高扬批评他重复自己，宋子义认为不是。不过还是蓝玉说得更准。他说巴图那虽然不懂招式，但因为心里有东西，所以画得厚。”

“是厚，但厚得又有浮光感。我以前喜欢《无名画家》，只是刚才又看了看，他画得其实还是想象的。不过，据说1989年他在纽约展出过一幅《最后的蒙古人》，听说很棒，你看过吗？”

“我一开始以为那幅画儿会在这儿出现，不过我想多了。”张卿道，“但刚才在里间小展厅看见了《最后的蒙古人》的草稿图，画得很精神。”

二人越说越快，齐彭不自觉超前紧走几步——他看见了那幅草稿图。

他想起在自己喜欢说热爱巴图那的青春期，也试图把他所有的画儿拿来写生，可他发现完全无法进入。巴图那画儿中景物之少，从一开始的懵懂感逐渐到后来的专注，甚至看似残酷——他只对人所站的位置感兴趣，或者说只对自己所站的位置感兴趣，只是他不知道，他摆准了自己的位置，于是所有东西都在他画儿中有了位置。他画儿中景物越来越少，恰是他自己的位置终于越来越准的体现。这么想着，齐彭觉得内心有隐隐约约的激荡涌出，这想法让他觉得羞耻。一瞬间，他想巴图那青年时或许也是这般，所以那时候的《无名者》隐隐有些急切。而眼前的《最后的蒙古人》，完全是一片盛世的模样——即使是最后，即使是一个人，但整个人仿佛是天地精华的收集者。唯一让他不安的，是这画儿中所画的盛世，仍然有摇摆感。他突然觉得，巴图那可能到最后也没有抵达他看到的那个世界，更可能，他始终站在世界的边缘。可他此刻不也就站在自己看到的那个世界的边缘吗？他喜欢说自己喜欢巴图那，或许也是因为巴图那也只会一招，不像宋子义和高扬那样变化多端，始终在换血。他小心翼翼处理自己的画儿、自己的题材，用勤奋沉默等待（或许有）天眼为自己而开。这样想着，齐彭突然觉得脚下生风，却又越发沉重起来。

“我想起巴图那上学的时候画的那条街，还是徐在湘继蓝玉之后第一个看出了好来，他编辑五十年纪念画册的时候，特地把那幅画儿放第一位。蓝玉很高兴。”张卿说。

“徐在湘不是说巴图那画得踏实，才是学生该有的样子吗？他那话肯定是对宋子义说的，估摸着也不是严肃的评价。”齐彭道。

“听说徐晚年觉得当年对巴图那的评价不够高，想补偿他。”张卿道，“这点儿还是高扬看得清楚，说他们所有图画美术院的学生，都在给宋子义当‘榜样’，可见徐在湘是真偏心。”

“这段故事蛮好玩的。现在看来，宋子义的画儿也是好往高了走，内在却少了一层提炼。”齐彭说，“高扬说他要是多一层对细节的准确，他早就是大师了。”

“高扬一直不比宋子义差，但他一直在藏。蓝玉和巴图那更愿意跟他亲近，因为他的作品随时在传递能量，宋子义作品的能量到他自己那里可能就终止了。”

“你说得准。不过你看过他画的大卫？”齐彭突然指着展厅一角，“还有那边，是他逝世前一年画的《奔月》，和以前展出的那幅不同。”

张卿看过去，这幅画儿比宋子义之前那幅更缺乏细节，但仅有的轮廓线都用到了关键处。

“这幅有神气，但上一幅更见野心。”她说。

“上一幅他什么都想画，这幅收敛了，他知道自己关心的就那一个点儿，把所有力量聚拢在了一处。”齐彭说着，脸有些微微发热。

“我很久没关注他和高扬了，现在脑子里还是以前他们展览上的《剧院女工》和《平原》。不过……”

她接着说：“现在看过去，这里面他们的几幅比以前那些好太多了。”

“是啊。尤其是这幅《公园西路》，应该是高扬晚年画的。”齐彭说，“我以前喜欢过他的风景画，很节制。可这幅，虽然节制，但画中的情绪中又不可抑制地往外冲。”

“他是一直压着画儿，直到压不住。”张卿道，“蓝玉说高扬的‘压’反而保护了他，让他到后来也画了那么多好东西。”

“蓝玉一直喜欢巴图那和高扬，也是好玩儿。他更喜欢的这两个人，都更听徐在湘的，倒是宋子义时不时喜欢去蓝玉那里碰一鼻子灰，不过当时的图画美术院，老师们都喜欢打击宋子义。”

“宋子义在我印象中总是那一副瘦高个子，他画画儿不计精神成本，仿佛画一次就要把力量用尽。所以，蓝玉觉得他四十岁之后画不下去画儿。”张卿说，“只是宋子义居然就死在那一年。”

“高扬也没好到哪儿去。宋子义去世没几年，他也得病不能画画儿。不过，倒是他整理了徐在湘的很多作品。”

“徐在湘的很多作品因为他得以保存下来。但整理工作做得最好的还是徐夕吧。他画得最好的，就是这批人的肖像。”张卿道。

“是啊。徐夕还资助了他们很多人呢，不管是高扬刚去美国，还是宋子义被限制自由的那几年，更不用说巴图那晚年的画展还是靠着徐夕留下的艺术资金。”齐彭说，“宋子义和高扬被打击严重的那几年，是徐夕一直提醒他们要沉得住气。高扬后来说，当时不觉得这话重要，直到后来才逐渐体会到其用处。直到‘不知不觉间画面上出现了霞光’。”齐彭说，“虽然要说锐利谁都比不上宋子义，但他的锐利是自己拔出来的，高扬后面的那层锐利是不经意间的，所以让人过目不忘。”

“是他前期的努力让他终于有了那状态。”张卿说，“这里面展出的高扬的画儿，倒是晚年的多一些，之前没见过，凭这些，他甚至应该比宋子义更好。”

“他一直没比他差。”齐彭说着，脸上的肌肉微微抖动了下，“但宋子义找到自己那条路之后，把青年时期画的很多题材重新画了一遍，以至于现在看，真不知道哪个才是他年轻时候画的。”

“宋子义一直在试验自己该走哪条路，在这点儿上，他比高扬开窍晚，但这也是宋子义的画作始终有旺盛生命力的原因，你永远觉得这个人还能往前走，因为他始终在试验，始终有新的可能。”

“他的准确也在试验过程中，只是没高扬稳定，显得不准确。”说完，二人都停了下来。齐彭觉得自己仿佛用对话的形式又把这些画过了一遍。很多画儿不在眼前，但他似乎看得更清楚了。那些第一次见的画儿，也因为前面这一层清楚，他对它们也有了亲切感。

二人一起走到小展厅。张卿指着一幅巴图那的小幅肖像道：“这次他的四幅《无名者》据说是四个阶段画的。”

“也可能有三幅是仿作。”齐彭道。

“不可能有仿作。这些画就是巴图那的孙女选的。”

“孙女？”齐彭惊讶了一下，“他的后人不是死于前些年乌盟的 226 号火灾了吗？”

“火灾只是烧去了巴图艺术馆三分之一的创作，他住在馆内的家人还活着，只是不露面。”张卿说，“他孙女你应该也认识，就是你们学校造型学院的副院长果旭娜。”

“这真没想到。只知道果老师的姓不是母家的，没想到她还是巴图那的后人。”齐彭突然说，“难道这四幅画儿里面有三幅是她画的？”

“我确定北边那幅应该是她画的。其他两幅就不知道了。”张卿道，“你看那幅，戈壁滩上有个牧马女牵着一匹马。如果是巴图那，他不会画出那匹马，因为他会觉得整个戈壁滩就已经有马的痕迹，为什么要牵一匹？”

“这个判断我同意。”齐彭说，“不过另外两幅，会不会是仿作呢？”

“如果是仿作，果老师不会摆在这里，但如果不是仿作，巴图那到底为什么画三幅一模一样的景象倒很神奇。”

“我明白了。”齐彭走近了看后道，“这三幅画儿每一幅都比前面一幅少了点儿东西。第二幅比第一幅少了几块石头，第三幅比第二幅少了几朵云。我觉得第三幅是晚年画的，而且这幅画儿里面他画的不是僧人，就是普通人。”

“画普通人这个很重要？”张卿突然说，“一开始的僧人原本就是普通人的感觉，只是我们看装束知道是僧人，现在这个看装束是普通人，但侧面的神态和前行的动作，明明是个修行人啊。”

“正是这样，所以这幅画儿可能更晚画——神性发生在僧侣身上并不稀奇，但发生在普通人身上，才正是修行者或者传道者的能量所在。日常本就是修行。他的《无名画家》画的就是一个在路上给外族君王画画儿又要一边向心中本民族的神灵叩头谢罪，就这样一直叩到自己国家的国界，神灵突然现身‘赦免’了他。也是那一刻，画家才发现自己是神灵的使者。”

“是在那路上成了使者。或者说，那就是他成为使者的必经之路，在那一刻，外族君王也不重要了。”

“不过像巴图那这样的，他看什么人都只能看得出自己想看的那部分，这点儿，他和宋子义一样。”齐彭说。

“宋子义早就看到了更多的东西，他只是不愿意画。”张卿道，“他画妓女都画出了民族危亡感，难道不是吗？”

“那时候的民族危亡感是整体性的吧，在那样的夜幕之下所有人都不自觉。”齐彭道。

“不过他还是在赋予，这太明显了，现在看《八骏图》感觉是讽刺画。”

“他那时候需要用表情的张扬突出自己那一层不能明说的东西，这也是他后来越画，人物表情越模糊不清的原因。”张卿道。

“他想把所有人的表情容纳进去，反映到画面中，就是旋涡一样的人脸。那些脸始终在晃动或者振动，也多是一瞬间的，观众随时可以按照自己的理解去填充那意思。他是把那些年看到的无数人的表情叠加进去了。”齐彭说。

“所以震撼。哪怕他没有那层所谓的细节的准确。”张卿说，“这是他离我们比巴图那离我们近的原因。”

“这个近恰是宋子义对‘细节的准确’的把握。”

“你说得好。”张卿道，“普斯的准确恰也在这里。”

“宋和巴图那对准确的把握都来自自己，这点蓝玉和高扬都不够知道，但徐在湘一直看得清。”

“但徐在湘自己的画儿，却离高扬更近。”

“应该说高扬离他更近。”齐彭说，“他的《在迈阿密》和《丁酉组画》的最后一张用了同一个构图，甚至人物也接近。”

“不过。”张卿说，“这次看见了高扬几幅新的画儿，确定他不比宋子义差，但可能明显比徐在湘更高。”

“我还是觉得徐在湘的画作更硬朗。”齐彭说，“他从不在同样的位置表现同一种迟疑。”

“可高扬的迟疑就是他获得准确的方式啊。”张卿突然说。

“如果没有这样反反复复，前前后后，高扬怎么知道自己在异国他乡的小花园里照样可以搞创作。”齐彭接着说，“但这么看，巴图那不也是吗？蓝玉更是迟疑到九十岁吧。”

“每一个都是，普斯和罗德，甚至三杰也都是。”张卿说，“迟疑本身就是底色，哪怕宋子义这种喜欢拒绝迟疑的，最终还是在犹豫不决中看清了自己的方向。”

“不能说犹豫不决吧。应该说，是不断检查。”

“现在可以说他们是在审视自己，可当时呢？当时他们也都是毛头小子，没身份没地位，也没有进入艺术竞争的序列。”

“是他们后来做出来成绩了，前面的那些犹豫才能称得上是审视。”齐彭尴尬道，“这话听起来倒跟自己有关了。”

“自己是通道和方式。”张卿突然说。

“用自己去认识世界，自己变了，世界随之打开。”齐彭说，“不过自己和世界本不就是一体的吗？”

他说完，自己也有些发愣。仿佛今天说了这些话的人不是他，或者不是那个他以为的他。而张卿张了张嘴，突然发现了自己刚才的紧张。

他们俩一路从展厅的左侧转到了右侧，终于停止了讲话，二人并排朝前走，又过了一会儿，齐彭朝相反的方向走去。直到走出展厅，他突然意识到展厅其实不大。只是墙上密密麻麻摆满的画作，让整个空间有了密度。他感觉好像重新看了一遍近代中外美术史课本中的小字部分——那些小字，曾经都被认为是不重要的东西，此刻被他重新认识，也像对自己记忆中这些人作品的更新，像摇摇晃晃走在一条独木桥或铁索上，而今终于走到一片大陆——张卿脑子里终于不再想自己的画儿，而他终于想到了自己的画儿。

接下来去荒岛

一

我已经远离 W 城，在南部一座地级市当博物馆解说员——这是我步入社会以来，做的唯一一份和大学时所学的历史专业对口的工作。我背熟了几套不同的讲词，能应付各式各样的观光团和视察。口舌繁忙之际，我的注意力总停留在博物馆玻璃墙外阳光下巨大的飞蛾上。它们穿过阳光与阴影的边缘地带，如果目光匆促，会误以为它们背部花纹只有一半，而另一半是深浅不一的灰色。

有关张洋的讯息一面在朋友圈深处隐隐显现，一面又在校友群内偶然跳动。有人会发张洋故乡老房子的照片，有人会晒出一张人群中有张洋的合照。它们随着飞蛾隐喻式的展示，在我面前铺陈开来。

回到我与张洋相识初始，他看似每一个外在表现都与我不同，却在内心深处的事上与我一致。后来，他身上与我不同的地方开始占据主导地位，直接改变了他的人生走向。他这种不同，也成为我牵挂他其后这些年生活的主要原因。起初，每每看到张洋与外在不同的一点儿真相，我就迫不及待地告诉每一个人。到后来，我渐渐沉默，即使我不说，也并未有谁真的想刺探。与他最后那次会面，是在他 W 城的廉租房内。那时他已经开始了真正意义上的事业，房间内只有一张床，书分别摆放在卧室的四个角落。他过于瘦弱的身躯不会让人联想到疾病，反而充满勃勃生机的朴素感。其间我们一直听港台老歌，我记得的一首，是罗大佑的《现象七十二变》。他的唱片机和电脑擦拭得一尘不染，一如歌里唱得那样明亮。那次见面，他说了二三十句话，是他历来与我交谈中言语最少的一次，并像过去一样，只谈论自己的事，对外面新发生的事情一无所知，好像天然就该不知道，好像永远不会感兴趣。但因为其中包含的巨大专注，吸引我不住往下听。

我待到黄昏就匆匆离去，没有吃张洋准备的火锅。他仍像过去一样，不为我的突然离去感到沮丧，仿佛先离开的仍是他自己。送我走出小区大门时，他依旧挥挥手道："加油宋飞。"张洋的"加油"没有太多感情色彩，就像别人说"再见""下次见""后会有期"等一样。我看着他的身影被来往车辆的倒影遮蔽，觉得有另一双我的眼看着我被人群吞没。

我突然觉得我必须离开W城了，但我没能告诉张洋。我们的友情早已脱离了年少时分享秘密的阶段，我们只谈论遥远的事物和隐藏具体指涉的内心困惑。我希望那是一次和往常一样的会面。可当我重新想起他时，突然觉得，也许张洋早于我发现了我的不同，难得做了一顿较为正式的饭菜——这对他来说已是奇迹。只是感觉到这些细节时，张洋已经离我，或者说，我已经离张洋越来越远。

二

2008年夏天，我刚到W城，租住在一户老公房内，和五十岁的房东阿姨同居一室，只一层厚厚的亚麻布帘把我们隔开。她喜欢把内衣晾晒在床头，最炎热时也不开空调，让我把洗脸水囤积起来冲厕所。我总觉得房间内充斥着一股酸腐味，却也不便挑明——我只租得起这样一个床位，含水电费一个月500元。

我原计划在英语培训学校找一份一周两天班的代课工作，其余时间能有机会做自己想做的事情，尽管事实上我唯一做的事也就是在城内游荡而已，我根本不知道自己想做什么。我做不到在工作中和那些同事正常交流，时常处于暴躁中。某个上午，我结算了一个月的工资，打印了一沓简历泡在人才市场里，把肉眼可见的工作全都面试了一遍，但一无所获。后来，从我报出学历到面试结束，HR 脸上的惊喜渐渐变成一种厌倦，她觉得我名牌大学的学历及流利的英语是最核心的竞争力，可我最终毕业的专业与他们的需求不对口，且我大学四年换了三个专业，虽证明我的学习能力很强，却因此让他们不相信我真的愿意在他们公司久留。最后，她微笑着告诉我“你很优秀，但我们没有适合你的职位”。到了晚上，我在焦虑中接纳了先前婉拒的初中英语兼数学教材的编辑工作，其间换了一间单间租住。扣除租金和餐费、交通费，平均每个月只能留下 500 元到 1000 元。而决定我生活乐趣的，就是这 500 元到 1000 元。我去健身房办了张月卡，还常常和不同的网友相约组狼人杀局和台球局，和办公室的沉默寡言不同，面对这些陌生人我变得非常活跃，尽管每一次游戏结束后我便把他们删掉，或退出小组。

这样的生活一直持续到第二年秋天，我终于在办公室发了火，在准备拂袖离去时，突然接到一位大学师兄的电话。

在第一次和第二次换专业间隙，师兄给了我很大帮助，除了帮我跟他相熟的老师沟通，还带我参加了一次校园旅游团，完成了十天的云贵川之旅。结识了新朋友，那个学期我终于得以平稳度过。

师兄告诉我，他来 W 城出差，想和我见一面。我在 W 城很久没有朋友，这个电话给了我一些希望，一下班，便直奔约好的商场。

此次见面，师兄见到我比往日更显热络，他喋喋不休地说着自己正在进行的事业，并热情邀请我参与。我仔细听后发现是医疗器材销售，顿时生疑，却不好意思挑明。接着，师兄说起自己在老家的项目出现问题，需要尽快回去一段时间。我一时恍惚，问他老家在哪里，他却突然沉默，向我介绍起坐在后面一排的张洋。他说这是我们共同的学弟，本来还有两年才毕业，但恐怕毕不了业了，他急需一份工作，能包吃住，交五险一金即可。我看过去，只觉得张洋长得特别瘦小，说是一把骨头摆在椅座上也不为过，年纪轻轻面部已经因为过瘦长了不少小细纹，如果不是脸上始终挂着神采奕奕的笑容，我会觉得他是一位肾衰竭病人。我示意张洋坐过来，师兄却摆摆手说："他一向如此，和第一次见面的人吃饭，要坐旁边桌。"

"还好今天人不太多。"我讪笑着，给自己点了咖喱饭，给师兄和张洋各点了一菜一汤，另点了几串羊肉串我们共同吃。在准备点茶水时被张洋伸过来的手拦住。

"我们没钱。"他大声说。

我一愣："我请。"

师兄则突然收敛笑容道："等一会儿我要走，不用了。"

这顿饭吃得比我想象中要快，师兄全程兴奋地演讲，我完全插不上话，唯有的几句也是关于工作和一些乏味的日常琐事，这让我很是失望。将近八点时，师兄突然起身去接电话，再匆匆赶来时，问我有没有1000元，他急需给同事转一笔钱，可自己的卡都在女朋友那里。我没有质疑他的话，甚至因为迟钝，快速用旁边自动提款机转了账。送师兄到地铁站时，他再次喋喋不休地邀请我和他一起加入医疗器材销售公司，向我聊起最近读的书，其中一本叫《出埃及记》，嘱我一定要看看。等师兄的身影埋入地铁人流，我转身要去坐公交之际，张洋竟还在我的身后。在和师兄的会面中，他全程似是透明人一般，只是笑着，现在却像一块存在感极强的磁铁，让我不得不盯着他，甚至戒备和警惕起来。

“你被骗了。”他大声道。

“什么？”

“陈启明没什么项目，他这次就是来骗你钱的。”张洋继续说，“不过他不是专程来骗你的，他只是想让你加入他们传销组织，但他不忍心，骗你点钱能让他暂渡难关，又能心理上平衡一些。”

“你在说什么？”我又莫名又惊讶。

“他被传销组织骗了，借遍了能借的钱，今天不带回卖产品的钱，就拿不回行李。”张洋道，“我来之前已经买了他一瓶产品，花了500元。”

我完全被震惊了，只好说：“你刚才怎么不告诉我？”

“他不是坏人，只是误入歧途，我们没能力劝服他，报警也没用，就算一时把他给掰正了，他还要跟我们绝交。绝交我是可以的，可你能接受吗？何况，我们借机都算还了人情，不也是好事一桩？再说，刚才我也暗示你了啊。”张洋一改前面的愣头青派头，突然老成起来。我不禁觉得自己才是学弟。

“我怎么确定你现在说的就是对的，师兄还给你介绍了工作的。”

“他刚才说的工作就是那个传销组织。我怎么可能去呢？我现在说的当然是对的，否则我现在也可以不说，等你自己去发现。”

我一时气急，却也找不到发泄的理由：“你现在为什么告诉我？你确实可以不说。”

“我有义务让你知道真相。”张洋道，“不过，既然我在，师兄的钱，就算我欠你的。”

“如果师兄回不来了呢，如果他被传销组织扣了呢？”

“他今天能出来，就说明他已经被成功洗脑了。否则他们会放他出来？你看着吧，他肯定还会回去。”

“我们就放任不管？”

“你能管什么？恐怕下次他问你借钱，你还是要借，不如现在趁机屏蔽他算了。”他说着，已经把师兄的手机号码拉入了黑名单。

三

那之后很久我都没再见师兄，尽管难以接受他加入了传销组织的事实，却也庆幸他未再主动联系我。而张洋，渐渐和我熟络起来。在人多的场合，他表现得比我们第一次见面时更开朗，但私下与我交流时表情又显得过于严肃，他似没有冷淡和开心之间的第三种表情，以致我曾误以为他的严肃是因为生气。

我介绍张洋去教材出版社面试，起初一切顺利，他的笔试分数很高，刁钻的冷僻词也只错了一道题，面试时也算回答流畅，甚至我怀疑他为了留下更好的印象，故意在一些原本很清楚的问题面前停顿了几秒，以示认真。但因为没有学位证，张洋只能拿着和实习生差不多的工资，好处就是一周只需要去四天，可张洋从周一到周六都喜欢在办公室待着。有时候他也不完全在看稿子，而是观察和研究着办公室每个人的喜好。但他很少与大家主动交流，更愿意一个人待着，即使是我，也好几次被他甩下，不得不独自去食堂吃饭。

有一次，办公室有人的电脑出现故障，张洋很快修好了。还有一次上级检查时，张洋一改面试时的守拙状态，变得对答如流，时而还锋芒毕露。这些微小的细节让沉默寡言的张洋渐渐得到不少人的关注。偶尔，还有老编辑向他请教营销问题。教材参考书的市场巨大，但因为视频课程的冲击和行业原有的竞争，社内有几套老书的加印量越来越不如往年。张洋提出配合视频试讲课搭配销售的思路，虽然提高了这几套书的定价，却在很多社群销售渠道中卖得很好。

有时，销售部开会也会把张洋叫去；有时，他会代表出版社和写字楼物业交涉；有时，他负责联系几个已不在世的作者家人；也有时，他负责组装新到的一批桌椅和台式电脑。虽然没有编辑资格证是他的硬伤，但到年底，他的年终奖甚至比我还多了几千块。张洋和全社的同事，甚至保洁阿姨都十分熟络，常常还有一些我闻所未闻的线下同事聚会邀请他参加。张洋的沉默渐渐在这些聚会中被打破，但去了没几次，他也丧失了兴趣，手机时常关机。那些联系不到他的人，纷纷找到了我，我也因此和更多同事有了联系。

不久，我和张洋合租了一套两室一厅，张洋主动承担了第一季度的房租，还买了投影仪，在大屏幕上看 NBA 直播。当克里斯·保罗以 1.83 米的个头隔扣了 2.11 米的霍华德时，张洋一边拍手，一边泪流满面。尽管我并不像张洋那样对 NBA 充满热情，但被他的热情感染，我还是感受到许多快乐。我静静地缩在紧挨墙壁的被子一角，看着张洋渐渐长长的头发仿佛跟大屏幕上的欢呼雀跃融为一体，想到自己和办公室最受欢迎的人是朋友，居然有一丝莫名其妙的优越感，我不禁为自己感到羞耻。可也正因感受到了这一点，我时常在日常间隙追踪张洋的动向。只是，我看似是 W 城跟他关系最近的人之一，很多事我依然被蒙在鼓里。

比如张洋常在周六日去城郊，还喜欢在周三晚上去一条满是韩国人的街，具体做什么，他从不会说。我在校友网上搜索他当年的主页，得知几年前，他考入我们那所全国重点高校后，很少按照学校课表去上课。和我当初一样，他一开始也随着个人短暂的兴趣盘旋在不同学院的教学楼内，但很快，这也根本满足不了他。不同的是，我不管多么徘徊不定仍希望得到一个学位，张洋对自己能不能顺利毕业这件事并不是特别在意，他似乎更关心什么才是自己此生应做的，但很快又在社交网络上推翻自己，认为根本没有“一生应做的事业”这种事，人只能为自己的此刻负责。他旁听了一学期设计学院的课程，并成功找到帮手，和他一道完成了一件立体设计作品，入围了某设计奖项。可很快，他就陷入对一位年轻女教师的单恋，只是这种单恋更像一场表演，他从未真的开口对女教师告白过，只是不停地在校友网内诉说衷情，一度成为全年级的笑话。大二下半学期是他的转折点，他终于减少在社交网络上的聒噪，还差点成为基督徒，性情稳定了许多，但还是决心退学。虽然这场退学看起来毫无意义，张洋却视之为青春期和成年期的转折点，但或许连他自己都知道其中难以回避的表演成分，很快他又做了一条自我批评，而那之后，他的主页便再没更新过，只是偶尔在脸书等其他社交网络上发一些不温不火的日常生活场景。

直到合租一年之后，张洋突然告诉我说要回家看母亲。我从未听他提起过母亲，也很少看见他主动联系家人，只听他在一次电话中拒绝了父亲的借钱请求。在我们共同的交往中，张洋提起家人的时刻都特别少。

“这次我要回去一个月。”张洋点起一支烟。

“这么久？”

“三年没回去了，一年至少该回去十天，三年起码该三十天。”张洋掰着手指数，又对着空气比画了几下，“工作要多拜托你了。我让领导把手头几本书安排在你那边做，如果有提成也算你的。”

“这算通知吗？”我讽刺道。

张洋不理会我，迅速又点了一支烟：“我突然觉得，我不喜欢做的一些事情，在我身上的影响，比那些我觉得自己好像更喜欢的东西，给我的影响还要大。”

也是这时，我发现张洋已经把围棋频道关闭了，电视机和投影仪都被挂在了二手交易网站，包括他热衷过的巨幅拼图、建筑模型。

“我得回去，只有回去是必要的。我现在的生活，有太多不必要的事情，甚至包括工作也是。我没能找到乐趣，除非我的乐趣完全变成赚钱。”

“你要换工作吗？”

“现在是不得不辞职……除非我知道我真的喜欢什么工作，否则我只能喜欢工作本身。这对我来说很难……”

我觉得他不过对现阶段的生活感觉到厌倦，但谁不觉得厌倦呢，我对“离开”都厌倦。离开和在原地待着能有什么不同？恋爱和不恋爱能有什么不同？那时我在社交网络上刷着个人状态，不断更新类似上述意思的短句。张洋到底是比我积极得多，他在跟我说了上面那些话之后，生活变得比往日自律。他离开的第二个月，就告诉我暂时回不了 W 城，嘱我把房间转租。尽管被提前告知，我还是很不高兴。在质问短信发出之前，张洋率先发来了道歉信息。他说母亲住院，他必须留下照顾，近期都不可能再回 W 城了，嘱我代他完成工作交接。

我花了半个月时间，把张洋电脑上散落在不同文件夹中的文件整理清楚，把几本重要教材安排下厂，还约好了几个看到转租信息的租客的看房时间。孰料没过几天，张洋竟又回了我们的出租屋。

他看起来很疲惫，黑眼圈比往日更明显，人也瘦了许多。他告诉我母亲拒绝化疗，但亲戚们执意要求母亲进行化疗，他与众亲戚对垒，最终还是妥协了。

“我想把这件事交给我爸，可他没能听我妈的。”

“化疗不是有希望吗？为什么要拒绝？”

“我也不希望她拒绝，但我更不希望她做自己不喜欢做的事。”张洋道，“但你知道吗？更残酷的是，我发现我内心深处也希望她不进行化疗，那样她就可以安心度过最后的两年，我也就可以因为她的去世没有再回老家的理由。”

“是吗？难道不都是这么想的吗？说起来，你往家里打电话的次数还比我多。”我说，“你这次回来，你妈怎么办？”

张洋看向别处：“我打算每隔一周回去一次……哦，每个月回去一次。但谁知道呢，也可能这两个月都平安无事，不需要我回去吧。”他皱着眉，一边整理着自己的物品一边看向那面曾经用来放围棋的白墙，还有天花板上的电风扇在立式台灯的照耀下显出的一条轮廓清晰的阴影，又因为窗户半开着进来一些风，屋内的灰尘和昏黄的亮光都在晃动。

他长嘘一口气，瘫在弹簧床上：“我觉得，我还是搬回老家去吧。”

四

张洋至此“消失”了一年。这期间，我终于鼓起勇气从教材出版社辞职，在招聘网站投了多份简历后，一家初创的信息科技公司给我打了电话。面试过程无比顺利，一入职，我便和另两名同事一道负责新 APP 的上线宣传文案撰写。工作内容虽然是另一种枯燥，但薪资较之前提高了一倍，我的心态好了很多，得以从另一个角度认识了自己。因为是初创，办公环境很好，假期团建也很丰富，只是三个月试用期一过，我迅速进入朝九晚十的生活，还有好几次加班到凌晨三点的经历。工作内容完全不似面试时所分配的，与外部市场的营销对接很快安排在我身上，我一边苦不堪言，一边又不忍心丢弃这份工作，直到 APP 上线后流量高开低走，我突然发现，如果眼前的产品一死，公司现有团队也将面临解散的命运。好几次关掉办公室的灯，看着落地窗外面霓虹闪烁，我突然一阵失落。但失落恐怕是很多人的失落，并非我所独有，我仍觉得并不孤独。直到第二年年初，我没有拿到年终奖。放完春节假回来，OA 系统跳出部门解散的通知。我没有感到难过，甚至有一丝庆幸。行业的不稳定性，成就感的微弱，让我早已疲于应对。但我还没明白自己要做什么，暂时只能靠给几个娱乐类媒体写宣传软文度日。好在有一个固定的约会对象，还被她带动着一起健身，有时还被鼓动和她一起在大雨里夜跑。只是她不喜欢披雨衣，只有我披着透明的雨衣，从一个微弱的胖子，渐渐变成一个强壮的胖子。有一回，为了赶一篇文章，我写到早上六点，和女友在麦当劳吃早餐时，突然接到张洋的电话。

“我妈被医院下了病危通知书。”电话中他的声音听不出感情色彩，“估计就这几天了。”

我还未从一场恍惚中彻底醒过来，就又听他说：“亲戚太少，我妈生前也没有什么朋友，我也想不到其他人……我是说，葬礼那天来的人恐怕太少，不知你能不能抽空来一趟，不用随份子钱……”张洋的声音到后面有些颤抖，也许是这丝颤音让我突然有些动容，我停顿了一下道：“好。”

和我想的不同，从 W 城到张洋所在的煤炭城市没有直达火车，飞机也要先在某东部城市转机。观察两天后，我订到一趟临时的可以直达的绿皮火车。躺在卧铺车上的那一刻，几个月来熬夜写文章的疲惫感终于得到充分释放，让我对这趟旅程居然有了一丝好感。像幼时跟着父母在外地旅游，带满食物，甚至准备好在亲戚家睡地板的床褥，我这才意识到，来 W 城后，我再没去别处旅游过。我突然不知道来到 W 城，是获得了更多自由，还是更多限制。又或者，生活在一座物质资源和精神资源相对丰富的城市，生活在密密匝匝微型景观中的我，早已经丧失了对更遥远奇观的兴趣。当我在新的恍惚中抵达煤炭城市时，迎接我的是比 W 城更重的沙尘暴和更拥堵的交通，还有眼睛通红的张洋。

他穿得比大街上的行人厚很多，胡子剃得很干净，头发却还是有些长。运动裤换成了牛仔裤，上半身套着几件松垮垮的 T 恤，颜色不一，有长袖有短袖，最外面一件是短袖，里面一件长袖穿反了，露出翻过来的开线的袖子。他看我走过来很高兴，想跟我拥抱，但我们都感觉到了距离，只好握了握彼此的手。我跳上张洋开的三轮汽车，车子行驶过一段平坦但尘土飞扬的马路，路过一排在城郊晒玉米的农户，我看见写满“拆”字的张父的院落。

张洋父母自他幼时便分开居住，前几年才正式办理离婚。张洋初中之前一直跟随母亲生活，初一开始才和张父一道居住，高一时又开始住校，高中毕业后便不再用家里的钱。张父热衷做生意，但赔了很多。前年为第二任妻子买房，又花光了全部积蓄，只剩下这个和张母结婚时单位分的小院。张洋幼时在这里栽种的杏树、桃树，如今都还长着个儿，倒是其他蔬菜一年一换，今年只成熟了一些荆芥和番茄。我走进院落时，没有看见张父，只看见张洋刚剪下的蔬菜，还有一串装在白色塑料袋里的鞭炮，以及一个银色的二十八寸旅行箱。我搜罗着适合撑开帐篷的区域，却发现空出来的地方都堆满了各类杂物，我甚至担心夜里会出现黄鼠狼。张洋并不知我所想，只是很快端来一碗捞面。

“饿了吧，快吃吧。”他说完，也端起自己那碗面，蹲下来开吃。

他不知我不管外出住在哪，常常在朋友家的客房打地铺，已为我在一家三星酒店开好了房间，我过意不去，执意让他退掉，他以自己也要住为由拦住了我。

“怎么，院子里的旅行箱是你的？”

张洋一边吃面一边道："昨晚凑合了一下，发现床不认识我。也可能是我不认识床了。我妈那套房子，我也卖掉了，我在这儿没住的地方了。"

"为什么要卖？"问完我就后悔了，补充道，"卖了也好，反正你也不打算在这儿。"

"我也想在这儿，可这里的工作节奏太慢了。"张洋拨弄着最后几根面，"我差点去银行当柜员，本以为柜员的工作比较快节奏，可是呢，一到五点就下班了，我真的难以想象五点就结束的工作……我能忍受很多东西，但还是没办法克服内心的严格。而且在这里工作，我一坐下来，就想起我妈走之前青黄青黄的脸，整个人就像塌下去，一半陷在病床上，一半浮在床上……好像，身体已经在那时候就失去了很多生命，而我看到的，只是人体纤维散落一地时的模样……虽然我难受，却哭不出来。我不知道是不是因为太早离开她了，她刚去世，我就好像忘记了她的样子，如果没有照片，我真觉得我就这样忘了。"

我吞下一大口面汤道："你在这里住几天？"

"三天。"张洋慢慢回归常态，"从今天算，我后天晚上就回 W 城，我在那边已经找好了一间屋子。"

"衔接得还挺顺畅。"

"我妈在医院的最后一个月，我就在网上时时关注着一些小区的房源了。我还是要回 W 城的，不是那边多好，只是除了W城，其他地方更不熟。”张洋一口气喝完面汤，“明天可能得让你辛苦点，和我爸他们一起哭一哭。”

“你们这儿对哭声还挺有要求的。”

“有要求，五十以下的要大哭，五十以上的小哭，超过八十岁过世的可以不必哭了。”张洋突然有些愤怒，“可我妈才四十几啊。”

五

灵堂设在张父的平房小院内，和葡萄藤、杏树、番茄架、黄瓜藤等组合在一起。没有花圈，只有一簇簇白色的纸花和剪纸挂满窗户和外墙，据说都是张父的杰作。塞着张母照片的相框后面是被取下的张洋奶奶的遗照，此刻它完全被张母照片的风采夺去，甚至还被相框压在下面。张母的遗体刚从殡仪馆被抬回来，已经进行过化妆，寿衣寿裤也穿得齐整。一行人只张洋掀起棺材盖一角，迅速合上，其余人只是围在棺木周围哭泣。张父挨个儿和宾客握手，轮到我时，我本想自我介绍，孰料他根本没兴趣听，只是握住我的手重复他跟前面宾客说的那句话：“拜托你了。”我听着觉得怪怪的，仿佛我是雇来的演员。但放眼一看，除了少数几个亲戚模样的人，其他人似乎和我的状况也差不多。我觉得自己只是个旁观者，内心毫无波澜。直到张父背过身去突然号啕大哭，我竟也渐渐湿了眼眶。为避免像亲属一样哭得那么痛心，我不得不克制自己的情绪，直到一瞬间的悲伤过去，我重新回到冷漠的状态。张洋穿着黑西装黑西裤，内搭灰色衬衫，整个人看起来高大许多，和他姥姥一样，先是大哭，接着沉默一阵，再之后仍是大哭，再之后又一次沉默。只是每次哭泣的力量在逐渐减弱，沉默的能量逐渐增强，也因为他这层沉默带出的一丝冷酷，整场葬礼都沉浸在肃穆沉痛的气氛中。我站在张家三代人的后面，成为几个亲朋组成的小社会的一员，更被庄严的悲伤所笼罩，不得不常常走出来透透气。

致哀后是念悼词，先是张父念。他比张洋更矮，但胖许多，久久站在一处，像从地表长出来的灌木。他穿了一身灰色唐装，白皮鞋，肚皮鼓鼓的，头发三七分分在两边，我怎么也无法把他和遗照上十多年前的张母联系在一起——那是一张轮廓分明的脸，有些方，眼窝深邃，但两眼间距稍微有些大，鼻子下面有一颗小黑痣，下巴上还有一颗，虽是笑着，但没有酒窝，只左半边脸上一道扭捏的笑纹。

我转身去洗手间抽烟，看着镜子里自己的脸——断眉，略显浮肿的双眼，薄嘴唇，头发剃得短短的，像刚修剪好的草坪，发际线因为长期室内戴帽子，已经有些后移。我把头伸进冷水里，迅速扑棱了几下，用纸巾擦拭干净，只听外面已经断断续续响起张洋的悼词：

……

母亲生于1966年，婚后来到本市。曾是第三机器制造厂工人，90年代末下岗后当过三年老人院护工，随后开过菜铺、小卖部。近几年，她最被众人所知的身份是初中英语教师。她三十五岁自学英语，读完英语专业硕士学位。

……

她热爱自己的每一份工作，以朴素之心待人。病前一年，还曾前往西部乡村支教，辅导过的学生有的顺利考取了北京的技术学院。母亲喜欢以理服人，在我的成长阶段，教导我要多读书，多走路，多尝试，多承担。是她告诉我，在不知前路在哪儿的时候，承担好现阶段的责任，会让我渐渐清楚前面的路在哪儿……

张洋的悼词甚是简短。一念完，他起身再次把灵堂两侧被个别宾客碰歪的花圈都摆成了一条直线。接下来是起灵，我跟在张洋背后，他低声说，我是站在他表哥的位置，我不禁往后退了一步，直到棺木颤动一下，才又跨步上前。没走几步，有人拍我的肩，是张洋真的表哥来了，他身材颀长，抬起棺木时，每个人都要配合他的高度。这么抬着走了五十来步，走到一辆灰色小卡车面前，几个人把棺木抬上去，张父继续安排宾客在院子里用餐。张洋和我，还有他的舅舅坐上一辆三轮小摩托，一路朝着殡仪馆的方向去。

天仍是灰蒙蒙的，空气中似有煤渣，我不小心吸进了什么，大口吐着气。张洋跨上摩托，示意我坐在他身后，并熟练地从口袋里拿出防雾霾口罩，还硬塞给我一个。而我身后坐着的是张洋头发花白的舅舅，他戴的口罩是我们的三倍厚，脸上还有刀疤。他说自己专程从县里过来，他丢了身份证，没买到票，就搭着一辆货车来了，凌晨才到市里。

“今天的人有点少。”张洋舅舅道。

“很多人我没邀请。”张洋道，“毕竟是我妈的后事，我想她也只是想见见你们。不那么想见其他人。”

“也对，也对。”舅舅则张张嘴，不再说话。

小卡车开得慢，常常被其他车辆超过。张洋按捺不住，搜了最近的路线，但道路曲折许多，车开得陡，我不得不抱住了张洋的腰。我预感到接下来半天我们不会再有任何交流，便把注意力投入道路两旁荒芜的“景色”。

我们三人虽同路却各怀心事，其他路过我们的人都显得兴致勃勃。有同样骑摩托在我们旁边路过的，还突然唱起歌。有几个步行的穿着中学校服但看起来年纪偏大一些的男学生，也戴着口罩。他们大声喊着对方的名字，仿佛在吵架，又像在玩乐。这些对鸡毛蒜皮日常细节的追问回响在道路两侧，时而被我们耳边的风穿过，时而又像被周围的气氛无限稀释，直至融入周围环境的浓度中。我看向头顶上方，仍是灰蒙蒙没有一丝云的雾霾蓝的天，突然怀念起 W 城的大风。我不知道自己为什么要来，也不知道自己为什么就跟上了送葬的“队伍”。但因为刚为张母抬过棺，我又觉得眼前的行为顺理成章。仿佛这是我既定的命运，如不照做，就要遭天打雷劈。

六

殡仪馆和火葬场的人也都戴着口罩，站在路口，体形差不多，也都戴着眼镜，像一对孪生兄弟。我只看见他们的眼和鼻梁，觉得不算很讨厌。张洋打电话，告知张父我们已经到了，张父说了声“好”，接着仍是抬棺。但这次我没有帮上什么忙。突然出现几个中年男人，熟练地把棺木从车上搬到另外一辆白色的担架车上。我看着他们把张母的棺木推进殡仪馆，突然觉得只是和朋友一起带他母亲来看病，这让我难过起来。张洋则面无表情地对那两个人交代着什么。

“我们过去，你在这里等一下。”他低着头，看着地上担架车的影子从脚下掠过，“待会儿见。”

火葬场和殡仪馆是连在一起的，两个馆一小一大，像是一对孪生兄弟，有烟尘从我目光的左侧飘过来，我觉得臭臭的，但不好说，只得往殡仪馆大厅疾步走去。许多扇门在远处开开关关，而每一个声音都与我无关，我突然有些慌张。可也因此，我觉得这里并不那么冷清，像一座稍显安静的医院。我拿出手机，想刷刷社交网络上的新信息，却发现这些信息此刻都浮在我身体上方，我根本无法与它们对视。一个穿着蓝色制服的清扫的中年男人朝我看了一眼，我也看了他一眼，他的嘴动了动，似乎觉得我需要安慰，却不便说，最终只是拍了拍我的肩道：“节哀。”

“我不伤心。我不伤心。”我急急地说，很快就后悔了，只得补充道，“里面的不是我妈。”中年男人皱了皱眉，再不看我，去大厅的另一侧打扫了。一个负责拖地的年轻女性，她的拖把直接漫过了我的白色运动鞋，可我看到鞋子脏了，也不生气。过了一会儿，张洋从火葬场出来了。从比较高的殡仪馆建筑物的阴影中朝我走近，神情从黯淡渐渐变得明亮。

“了结了。”他说完，拉着我朝外面走去。我注意到他两手空空，其中一根手指上潦草地贴了个创可贴。

“刚才烫到了。”他似突然有了倾诉欲，“捡骨头时烫到了。”张洋走到殡仪馆和火葬场的大门外，跟我一人点起一支烟。他跟我说起十二个火化炉，他母亲的那只火化炉最热闹，他们过去时，前面一具还没烧完。等到张母的遗体烧完了，其他人的遗体很快又进去。他总觉得火化炉深处还有其他人的骨灰。以至于没烧尽的那些骨头，有的深一点儿，有的浅一点儿，尽管烧炉工不这么看，但他就是觉得它们颜色有异。

“有一根短的骨头，我觉得不是我妈的，想把它挑出来。但是很奇怪，我想把它挑出来，它却在我手指间微微跳动。我使劲才把它捉住……当时也没有觉得疼，直到放下，才觉得手指火辣辣地疼……可那块骨头挑出来后，重量就不对了。”张洋道，“就不是我妈那个体格的人的骨灰应有的重量了。”

“有什么讲究吗？”我不期待回答，继续问道，“接下来呢？骨灰盒呢？全都搞定了？”

“骨灰盒我过几天来取，要和我爸商量谁来保存的问题。”张洋道，“我想，大概就是我一直留在身边了。”

“没有地方寄存吗？在墓格里，在骨灰堂里，在……”

“那就是完全不存在了，和把骨灰撒进大海没有区别。”张洋道，“我不会去别人的地方看我自己的妈，这太奇怪了。”

我不喜欢他在一天的冷静后，突然显示出的一丝愤怒，但总觉得这是一种寻求认同的方式，只好频频点头。我突然觉得他不会再跟我讲起家里的事了，仿佛这次前来，已是我们友谊的顶峰。

我们没有等张洋舅舅出来，就一道去了酒店，办理入住后，张洋的行李也被张父送到了我们所住的酒店的房间。

和我想的不一样，张洋硕大的行李箱内装的多是电子产品，衣服和日用品都很少，轻简到我觉得自己的行李过于沉重。面对我未打开的折叠帐篷，张洋并没有询问。他低声告诉我自己正在给一个大型单机游戏写脚本。如果顺利，就不用坐班了。

“工资怎么算？”

“按项目结算。”张洋回答得比行李还简洁，“不过我也不知道顺不顺利，现在的感觉是，我还挺爱写，但好像实现度会很差。”

我看他打开了游戏的测试界面，花红柳绿的背景，闪烁的字幕，还有跳来跳去的热裤短袖美少女。一行蓝底字幕写着——

“接下来去荒岛。”

“现在到了这一步，要面临平行宇宙和最高级之间的选择了。”张洋道，“我们做过心理分析，如果让玩家继续选择剧情，大部分人都会跟随本能选到五个平行宇宙那里，因为看起来每一环都不一样，配角众多，剧情看起来更复杂精彩。但只要选进其中一个宇宙，就很难进入我们设计好的环节，只有专注主线剧情的玩家才能抵达最高级。很多人会因此弃了游戏。可如果我们强行设计单线条剧情，引导玩家进入最高级，在过程中，会失去选择的互动感……而且会有一段略显枯燥的独自打怪的路程，恐怕很多人又会不满。测试阶段已经看到一些差评了……”

“恐怕你心里已经有了决断。”我看向别处。对不感兴趣之事配合，我稍微有些不耐烦。

张洋似察觉到了我的微表情，但仍然继续说：“我肯定要强硬一回，把玩家拉到我的单线条剧情上，让他们一步步进入最高级……不过，如果差评太多，我这份工作也就结束了。”

“你怎么想到去写游戏脚本的？我从没发现你对这个感兴趣……”

张洋讲起游戏脚本项目的由来，竟有一丝师兄的“神采”。但很快，他的表情随着电脑屏幕暗淡下去的亮光变成灰色。他打开手机上的计算器迅速计算了一下，告诉我，如果这次游戏项目下载量过低，他就拿不到尾款了。

“我觉得这些事没什么意思，我只是最近需要钱。虽然我不能说对这个脚本没兴趣，但是一进入后面执行的阶段，我的兴趣就减弱了……那我想，也许回到源头会好些吧，我去找些别的事情做……我也喜欢尝试出谋划策，否则憋在自己的事情里，向下飞行，怎么也到不了远处。”

我不确信张洋是说给我听的，他更像在自言自语，对着另一个自己说话。我关掉房间灯的时刻，看见他已经把头深深埋了下去。那一整晚，他都没上床睡觉，只是保持那个姿势趴在电脑前，像一个叫不醒的装睡的人。

七

那之后很久我没再见过张洋，只知道他的游戏项目最终黄了：除了没有拿到尾款，由于游戏剧情丰富，投资过大，宣传不够，下载量过低，前期的差评无法被后期的部分好评所冲抵，直接导致他曾作为编外人员服务的那家小游戏公司倒闭。张洋变得深居简出，并开始自学日语。不久，我甚至听说他常常去横店影视城，有时候是去见什么人，有时候只是和各式各样的群演头头打成一片。他开始接一些我看不懂的十八线艺人宣传项目，从中赚取差价，一度赚了一些钱，但很快又洗手不干了，以致积累不多的财富瞬间如过眼云烟。我突然意识到他和我一样也处在一个长久的迷茫期，只是和我不同的是，他表达困惑的方式是不断在行动中判断自己工作的前景，而我则是不想清楚就没有动力行动。

到了夏天，他邀请我去游泳馆一起游泳。洗澡时，我们各自都发现自己的身体比之前大了一号。

“我准备出去一阵儿了。我爸又问我要钱，我没给他，他恐怕要来我住的地方。还有陈启明，如果他再来向你借钱，千万不要借给他。”张洋道，“他通过别人以他对我的帮助要挟了我，我已经借给他一万了，不让他还了，你也别借给他，他不会还的。”

“那你还借给他？”

“让他彻底欠我一个人情，以后就不好开口了。”张洋潜进水里的一刻，我果然看见师兄的电话闪烁起来，只是我和张洋不同，我依然无法拒绝他，在急躁中，差点把手机拍进了水里。

那天和张洋的晚饭吃得很沉闷，这和张洋无关，是我一边想着毫无前途的零工性质的工作，一边沉浸在与女友不分手就得结婚的关系中，烦不胜烦。得知张洋打算去一些小县城考察，我感到震惊。

“那有什么可考察的？”我望着他，仿佛他如果不去巴黎和纽约，就是不正常的。

“小县城有巨大的市场……我想试试做一款主题软件，利用同一主题把一个群体勾连起来。软件偏向社交，但又不全是社交，它更是一个通过爱好联结大家生活圈的工具……很接近县城里的那种群体社会感。只要用上它，就让人觉得自己和整个网站里的人都可以成为朋友。”

看着张洋的肚皮随着他的语调难得地起伏了一下，我突然感觉到一丝微弱的嫉妒，仿佛不管在 W 城还是小县城，张洋都是那个更为上进的人。同时，他更是周围人信任的人，他懂得融入大家，也懂得如何展现自己的不同，更懂得把这种不同转化为一种事业。而我始终对这些很模糊。这让我感觉到强烈的不平衡感。我几乎是拖着沉重的步子走回了休息室，不料张洋竟已离去。我打开社交网站，看见他更新了一张我的游泳照，想评论一句，但最终什么也没有发出。我又游了几圈，给女友发了一条分手短信，关掉了手机。我想给自己一个积极的晚上，我能想到的最重要的事就是补充简历，寻找一份新的长期工作。

再看到张洋的消息已经是十多天后。他选择了一个地图上都很难找到的西部县级市下属的小县城。全城只有一条街，全镇靠做麦草画为生，还有一个塑料手工艺厂。张洋有时会去这些厂子拍些照片，但更多时候是在大街上游荡。他可能是唯一一个在这个县城居住这么久的外地人，有时候走在路上还会被小孩儿的目光好奇地打量。我看见张洋连续更新了三天的县城风景照，接下来则是七天都没更新。直到又隔了七八天，他晒出一张女学生的照片，看起来是高中生模样，但仔细看又比透露出的年龄显得成熟。我不知道他是不是终于有了恋情，但当张洋返回 W 城时，他依然是一个人，带着那只银色行李箱。

就这样一直到秋天，我都没有再见张洋。那年国庆节前夕，我终于在广告公司找到了一份文案的工作，我把女友遗落在我那里的最后一箱物品寄走，也又一次见到了张洋。

那是我倒数第二次见到他。他的出租屋比我想象中小很多，物品很少，除了他睡觉用的沙发床，我甚至找不到可以坐下来的地方。他变黑了，甚至比之前更瘦，但面色十分健康。他的书桌上摆着一瓶牛栏山二锅头、一本摊开的《金刚经》。他说自己的社交网站 APP 刚刚上线，他准备把赚到的钱用在另一个正在筹备的新项目上，还准备搬去郊区的廉租房。我看见那个社交 APP 名叫“荒岛体验”，打开之后有很多同城活动和很多远程活动，用户虽少，但十分活跃，并且付费用户占总体用户的百分之五十以上。我想问他那天为何提前离去，却最终没有问出口，只是对他搬去廉租房的行为表示不解。

“要省钱。”他道，“现在资金链没有解决，我只能保存实力，给自己留着一笔流动资金。对了，你把陈启明的号码删了吗？”

“删了。”我有些心虚，在张洋低头看手机之际，我匆忙点出陈启明的电话，把他加入了黑名单。

“我不知道是不是需要再投入一点儿热情。”张洋道，“越来越多的 APP 都像一次性的产物，设计者只想到它一开始的卖点，却很难把这个卖点做成一种长期的生活方式。可生活方式不只是迎合，更应该是引领……但如果要引领，只是做一个个产品是不够的，还需要一个联合体——它的生存主题，产品只是负责执行……我觉得我一定会知道掌握生活的方法。”

我不知如何回应，只好询问他和那个貌似女学生的女人的故事。

“分手了，我不适合家庭生活，但只恋爱让我觉得不道德……那是很短但很快乐的一段恋爱。”张洋道，“让我真的认识到生活本身就是重复，包括我也只是在重复，可这种重复并不应该成为人们厌恶生活的原因……它甚至有着巨大的活力，这种重复下来的量的积累，甚至不弱于任何一种新型的创造……”

我皱皱眉，想到自己因为女友的逼婚竟提出分手，多少有些禽兽，可此情此景，我不愿谈论自己，只得指着二锅头道：“你喝这个？”

“没钱啦，要省着用。”张洋突然捏了下自己的脸，仿佛在化解场面的尴尬，又像在遮掩内心的疲惫，“总觉得喝白酒比喝啤酒让人显得节制。”

“因为醉得快吗？……”我讪讪地笑。

“但喝完这一瓶，酒也不会喝了。”张洋不理会我惨淡的幽默感，“今天留下来吃饭吧，虽然我这里只有螺蛳粉和哈尔滨红肠。”

八

我不知道我是不是需要一种更强硬的对生活干预的方

式，才对新工作的热情空前高涨，可障碍也随之而来。首先是我所在的小组面临人事变动，而我是变动过程中唯一留下来的新员工，因为我被认为是另一名新来的中层领导的人。我试图对张洋说出我的困惑，他告诉我“要有耐心”。就这样支撑了大半年，工作步入正轨，可我却越来越感到不适。尽管和同事们的交流与合作越来越和谐，我却觉得自己跟这座城市的关系越来越疏离：我不喜欢一个人的办公室，因此即使需要加班也会选择去楼下咖啡馆；我不喜欢地铁末班车那种人挨人的状态，也不喜欢早班车那种暴躁的气氛；我更不喜欢周日在家休息时一个人看剧打游戏的状态，我重新开始健身。

最开始我在健身房办了半年期的卡，坚持一个月之后我觉得十分沉闷，在网上把卡转让给一个历史系研究生。她不算漂亮，但性格很温柔，给我留下很好的印象。转卡之后我们还约会了几次，但没有发生亲密关系，这让我有些轻微失望，只是我也为我的失望而对自己感到失望。我开始像小区里的大爷大妈一样绕着公园跑步，从黄昏跑到深夜，因为W城时常下雨，好几次在跑步中途遇到大雨，但我也没停止。跑了两个月后，体重没怎么下去。很快，房东收走了房子，我在江边租了一间屋，还有了合租室友。跑步从夜跑变成了晨跑，我也越来越从跑步中感觉到更多幸福感。大汗淋漓之际，那种自下而上的酸痛感裹挟着巨大的快感让我觉得兴奋，仿佛一切纷纷扰扰不再与我有关，甚至也不需要另一个人陪伴便可以独自走很长很长的路。再后来我专门挑选大雨时刻披着雨衣去跑，生活的时间也因此被填满，我仿佛因此找到了对抗生活，或者说与生活和谐相处的方式，直到一次项目的失败。

那是一个香港地产公司，要求在文案中呈现动物和自然的元素。我和另一个同事共同负责，但很快他就辞职了。前期沟通都没有太大问题，中途也没有问题，孰料最后客户完全推翻了我们的方案，并指出一则他们在深夜发到我那位同事邮箱的邮件里已经写了的新要求，可我完全没有看到那封邮件。整件事像一场巨大的失误，而我却是唯一不知情的人。事后，虽然我没有被过多责备，却突然对跑步丧失兴趣。重新缩回房间内，我变得郁郁寡欢。我以为我把生活安排得很好，可这样安排得很好的生活，却承受不了任何波动。即使是这样小的波动，却有致命的效果。

我再次看起招聘信息，重新寻找适合自己的职业和生活，甚至看起外地的工作，我突然想起自己大一所学的历史专业，那是我一开始的志愿。只是我并不坚定，每当有新的兴趣，我就想要放弃前面的兴趣，这种放弃和重新开始，让我消耗掉了很多兴趣，可历史这个最初的兴趣，却一直保留下来。我决定找一些和历史相关的工作。在此期间，我对历史系研究生重新展开攻势，给她买了不少衣服和化妆品，也邀请她一起出游，在把她变成我的女友后，我对她失去了兴趣。但我也不想分手，只是享受着这种复杂的亲密关系，这对她也造成了伤害，让我对自己倍感厌恶。直到一所私立中学给我打电话，说他们在招聘历史老师，我虽还没有考教师资格证，但他们依然邀请我去面试。

我回想起高考后为什么选择报考历史专业，或许是看了BBC的历史纪录片，或许是看了Netflix的某部希腊历史片。作为分数总是不错外语又流利的文科生，我总觉得自己可以过上更加丰富的生活。历史这种看起来就像大数据组合起来的专业，让我获得了拥有大量知识的快感，我热爱各种历史细节中的故事。这让我百感交集，仿佛兜兜转转后发现，我不过是喜爱这最初的选择，却因为被新鲜事物所吸引，又怀揣着担心浪费时间的恐慌，过早斩断了许多自认为没有前途的爱好。我重新想起张洋的话，“要有耐心”。想到他也曾频繁换专业，我不知道他是用什么方法才让自己从那样的更迭当中醒悟过来。也是这时，我得知他开始和几个朋友共同创立了一个游戏公司，上次他所说的“项目”正是这家公司的第一个产品。

但和之前不一样，这次张洋只负责市场运营和日常的公司运营。他不再热衷研究各类新型产品，更多关注人们生活方式的微妙改变。我在社交网络上看见张洋常常飞来飞去，多数时间往返于北京和广州，有时也往返于W城和上海、大阪之间。在那次去找过张洋之后，我也一度想去他的公司看望他，却始终不敢提，仿佛知道他有另一群更能帮助他的朋友，我觉得我们的友情不再像过去那样独特。一个深夜，我盯着聊天软件上各个友人的聊天窗口，想着能找谁聊几句，张洋的窗口却跳了出来。

张洋仿佛并不觉得我们很久没有聊天，依然亲昵地嘱我打一局他们的新游戏并反馈给他看法。只是这次我拒绝了，坦言自己现在只关心历史，那是一场同样复杂而充满想象的游戏。为了缓解拒绝的尴尬，我问他为什么不再专注做产品，而开始做起高管。

“只有日常的重复才是真相……”张洋发来一段语音（我迅速感觉到他现在发语音比打字更自在），“我不能忽视这个真相，但也因为这个真相，我对所谓新的创造没有兴趣了……我只关心人怎么变化，当然大多数时候，人是不会变的，每个时代都是一样的。”

我第一次没有对张洋的话感到惊讶，也没有问题想问他，只是回复道：“大多数人不会变，但我们会变。还有一些比我们高明得多的人，他们无时无刻不处于变化中……这样的人，一直在，找到他们，也许就找到了时代独特的样貌。”

许是对我的回复无话可说，张洋并没有继续回复，而是享受着难得的与人寒暄的机会。

不久，我开始频繁面试历史方面的工作，有许多工作因为仍在 W 城，被我推掉，只有一个南部城市的博物馆给我留下甚好的印象。那里陈列的展品倒并不十分特殊，却每一件藏品都来自较为冷门的时代，还有一些，是来往中原的外国人留下的结合中原文明和他们本国文明的作品——一些特殊的瓷器和衣物。我几乎因为这甚好的印象，重新勾起了学习点什么的热情——这将在以后成为我最独特的秘密。在我彻底离开 W 城之前，张洋邀我去他新家，但我却因突然忙碌起来，竟没有抽出时间去。那之后不久，张洋的朋友圈变成三天可见，再后来他在朋友圈发了一条消息——“此号不用”。我突然觉得自己被抛弃了。没过两天，张洋用新微信号把我加了回去。这次他没有谈论自己，而是问起我的现在。接着，他谈起最近遇到的问题，觉得自己在公司里的工作开始变得机械，但他决定克服。聊天的结尾，他再次发来语音“加油宋飞”。我想了想，打下了一行字——“下一站荒岛”。

那之后我没有主动找过张洋，更多时候在默默观察着张洋的动向。他开始买房，换新车，只有感情状况一栏始终写着“单身”，不知是一直没有更新，还是状态真的如此。我偶尔会像侦探一样检索张洋的动向，通过社交网络，也通过别人的转述。我不知道张洋是不是知道了这一点儿，严格来说，我也希望他能知道。可我没有再能获得他任何具体的信息。我甚至期待有一天张洋出现在我工作单位的门口，依旧不询问一句我的近况，只是谈一谈自己。可漫长的夏天，只有飞蛾出没，从清晨到日落，在博物馆透明的玻璃门外徘徊。也有时候会下起雨，我看见我在雨里奔跑。

东国境线

“那年阴历闰六月，中秋和国庆连着过。我想着，老窝着不是办法，怎么也得出去一趟。可是去哪儿，我和东阳一直没想好。最早是想沿着栾江一路走，东阳还说可以请个长假，带上佰佰，我们一路开车到塔什干去。听得我心惊肉跳，可我觉得他就是一说吧。不过他说了这话，我还真有点儿紧张。倒不是觉得他真能开过去，只是觉得他哪里不太对，但我没法说。我和东阳，好几年没法说了。有时候，东阳下班回来，就闭着眼睛躺在沙发上。我知道他不是累了，他就是拿这个当借口不跟我说话。反正他说话越来越少了，我们每天说不了几句话……我们结婚十年，说长长不过一辈子，但他心里想什么，我肯定看得出来……我就怕他有事瞒着我。但东阳好像也知道我心里想什么似的。他回来得很准时，九点半他班上下自习，十点半之前他肯定到家，比他话多的时候还老实。可能就因为这个吧，我也没觉得那段日子怎么特别，但也就是没怎么特别，我就觉得奇怪……那年我跟东阳说好，二十八号我们从西客站坐车到程州，然后从程州坐飞机去广灵，最后可能还要从广灵往西国境线走。但到了二十七号他突然不同意，说要往东走。我就奇怪，我们不就在东边吗？为什么要往东走？东阳说要去最东边。我说去哪儿，他就说要跨海。我说跨海那不出国了，东阳就不说话。我直接买了到东面群岛的机票，想着反正一定要走，就先走着……本来说好九月二十几号就出去，最后拖到国庆节晚上。也不能说晚上，我们出去的时候天还亮着，地铁还有一小时封站……但不知道那天怎么了，我们都走错路了。后来还是佰佰说：我们走反了。我赶紧和东阳往回走，一急还拉了佰佰一下。佰佰当时就摔倒了。我记得，就在佰佰站起来的时候，天刺棱一下就黑了……”

柳方蒙在徐虹对面坐着，一边看着她双手不断上下比画着，一边用手中的笔不住假装在本子上记着什么，但其实本子上没有什么有效信息，他不禁觉得尴尬。

“他就没往家里打过电话？带学生在北京考试的时候也没有？”

“打了啊。”徐虹突然说，“可跟不打也没区别。”

“怎么？”

“就一直听电话那边是接通的，但他就是不讲话。”

“不讲话？打通电话不讲话？”

“对。如果他的呼吸声算，那也可能是讲了。”女儿郑佰佰在她座椅背后玩着橡皮泥，并时不时把橡皮泥粘在椅子两侧，再撕下来。

“那之后呢？”柳方蒙看向外面走廊里若隐若现的摄像头，“郑老师到底什么时候开始不说话的？”

“他不能说是不说话。”徐虹站起来，双手像拎小动物一样把佰佰提起来，不太温柔地把她按放在红色沙发上。沙发后背靠近落地窗，正是佰佰的脑袋朝着的方向，她把身体摆成大字，阳光照在她身上，她望向外面。从柳方蒙的角度看过去，她像对他翻了一个巨大的白眼。

“一定问他的话，东阳是会说话的。他就是不交流。”徐虹看着柳方蒙，有一丝凝重的东西在她的眼眶中打转，但柳方蒙知道那一定不是泪水，或者说比那更复杂，因而节制。

“两个月前，我问他结婚纪念日要不然我们单独过，问了三遍。他没说话。但是到了日子，他突然打电话让我晚上去文化路的一个餐馆。是个融合菜馆，内厅包着蓝色墙纸，我们吃饭的那个包厢是星夜间。他就坐在‘星空’下面的圆桌边上，挥手让我坐在他对面……”

“那天他说了很多？”

“除了‘来了’‘坐’，只说了两句。我问他怎么选了这家餐厅，他说在‘星空’下吃饭比较安静。我说为什么，他说蓝色的星空是拒绝的意思，拒绝很多，所以安静。”

柳方蒙皱着眉，圆珠笔在本子上来来回回画着凌乱的笔画。

“那是他最后一次跟我交流。”徐虹艰难地说，“最后一次跟我们说‘无用的’话。”

“我知道了。”柳方蒙本想说“我明白了”，但还是把“明白”咽了下去，“最近很多家长投诉，郑老师班级不开家长会，下课之后连学生的提问也不回答了。”

“这我就不知道了。在家里，除非佰佰生病的时候，他偶尔跟我交流。其他时候，就是‘吃饭了’‘回来了’。”

“除了家，郑老师不去其他地方？”

“他周六晚上会去附近体育场踢足球……足球队早不带他玩儿了，现在他就自己追着球跑。他进去的时候，很多认识他的人就自觉退出来。如果有陌生人一定要跟他说话，他就跑开。”

“您见过他跟其他人交流的情景吗？”

“没有。”徐虹看着他，“东阳不回避我们跟着他，他可以当我们都不存在。我跟他去过超市、书店、停车场，去过烟酒店、服装店，但除了结账的时候，我没见他张过嘴。好像，从不跟我交流开始，他也不再跟其他人交流了。”

“除了刚才那些，还有其他的变化吗？”

徐虹看向佰佰：“他生活得更规律了。工资卡、奖金也都给家里，和以前一样，在家看书、浇花、备课……”

“郑老师有网友吗？”

“没有。”

“您为什么这么确定？”

“从他不跟我交流，也开始对我没秘密了。手机、电脑……只要我想拿过去看，他绝不阻拦。”

徐虹继续说：“微信、微博，或者其他什么社交软件，他会点赞，但不会评论、转发。他像个影子一样看着所有这一切，包括股票和房地产广告。”

“哦。关于郑老师……”柳方蒙张张嘴，“他有没有特别关注过什么？或者有一些，其他的朋友？”

“没有。”徐虹看向别处，“他倒喜欢站在窗边看他养的花，有时候也会看向远方。说起来挺有趣，每当他站在窗边看着外面，我就觉得他在背对我说话……尤其是马路上汽车驶过的声音传来时，我就觉得他的声音也藏在那些声音中。”

“如果是现在呢？”柳方蒙突然说，“家里有人说话时，他也不吱声吗？”

“那他还会更安静，不光不吱声，还会坐着不动弹。屋里有一个人始终不说话，会显得说话的那个人特别傻……我有时候觉得，我可能不是不高兴他不跟我交流，只是不高兴自己显得很傻。”

她站起来走了一圈，深蓝色蛇纹高跟鞋在地面上划出咯吱咯吱的声音。

“您在家也穿高跟鞋？”

“方便随时出去。”徐虹说，“但好像也没有真的出去几次。”

从小区出来，柳方蒙本想打个车，但最终还是选择了地铁。

晚上七点半的地铁，不像六点半前后那么拥挤。人们在电梯上散乱地站着或走着，有的人并行站在一节梯子上，也没有让人觉得厌烦。或许因为队伍松散，他们反而呈现出一种自然状态下的秩序感。柳方蒙双手插进裤兜，穿行在人群的缝隙中，随时能捕捉到一些平时不易察觉的信息。

一个看起来七八十岁的干瘦老先生，五官很有棱角，戴着四五十年代好莱坞电影中时兴的爵士帽，蹬着做旧款乳白色平底浅口羊皮鞋，身上套着一件宽大但衣料厚实板正的半长款浅蓝色风衣，领口露出一角米白色衬衫。这些衣物套在他身上，显得人更瘦了，似乎让他很不自在。他不住晃动自己的双腿，或者交叉摆放，或者靠着一侧栏杆，眼神不时看向巴掌大小的智能手机和外面晃过的地铁广告。

“下学期我就不当班主任了。”郑东阳这么说的时候，他站在学校走廊的栏杆处。从他站着的方向朝前看，能一直望到财富大厦——那是全城最高的建筑。只在晴天的时候能一眼望到，如果赶上阴天，财富大厦只是一块藏在雾霾中的扁平铅灰色阴影。

柳方蒙掖了掖衣角，把松掉的鞋带重新绑好。他想伸手扶栏杆，但右手在半空中挥舞了一下，又塞回外套口袋。他想起最后一次跟郑东阳说话时，他也是如此——走到一半，突然转身，然后挥舞了一下右手，又转回去继续走。只是郑东阳最终选择把手塞回裤兜——这可能是因为他手臂长。在办公室里，郑东阳的手臂经常会被拿出来说。大家善意地提起此事，把它作为活跃气氛的元素之一。有时候，也会说到柳方蒙。

“老婆回来了？”偶尔有人冲他露出一副和日常的严肃不相符的表情。直到柳方蒙的妻子真的一直没有回来，大家便开始避开此事。甚至很少有人再跟他闲聊，除了郑东阳。

“你知道安息海峡吗？据说要建安息海峡大桥，把亚洲欧洲非洲都连起来。”郑东阳扶了扶眼镜框，“你想想，如果把太行山和丘山还有白螺山连在一起，或者把整个东部的山都连在一起……”

“那是假新闻吧……”

他看向远处：“真假很重要吗……如果连在一起，那这些山，还有它们之间的城镇，就像一个平行世界了……有的人在山下，有的人就在山上。这样算，山上也是一个起伏的平地了，像在山下的平地上，又起了一层高楼……”

“立交桥不就这样吗？”

“那是个交通设施……”郑东阳像自言自语，“不属于整个我们生活的世界。”

直到现在，这些词句在柳方蒙脑中回环，他仍觉得很古怪。这些话里仿佛有一些他不知道的密码，闪烁不停。柳方蒙的目光慢慢扫过人流里每个鼻梁高挺的人，仿佛一不留神，就能看见郑东阳从自己面前走来。他摸了摸手机，轻微的振动声让他恍惚以为是苏翎来了电话。他把电话按掉，再次看向黑而光洁的屏幕时，感觉背后有一块高大的影子在压向自己，而屏幕再次亮起来。

“我突然想起一个事。”是徐虹的声音。柳方蒙仿佛听见她的鞋跟踩踏着地板，从卧室到客厅，直到封闭的卫生间……然后突然，类似风呼啸而过的声音……接着她关上窗。

“……郑东阳。”她停顿了一下，“东阳曾经跟我说过，财富大厦周围的房子，可能要拆了。”

“……如果拆，我们就能一直看到灵慧寺一角了。”她说，“然后一直往东，一直，可能就看到亚欧大陆桥了。”

“亚欧大陆桥不在我们这儿往东的方向吧。”柳方蒙愣了愣，但还是平淡地说，“就算在，那是多远的东西……”

“加上旅游那次，他说过好几次往东，但我怎么就只记得旅游那次了呢。你说，东边到底有什么？”

柳方蒙看着十字路口的人群，他们穿过他站的位置，并分别朝四个方向走去。他被四条人流包围，但所有人都合理绕过了他。像处在一块被刻意屏蔽的区域，又或者被社交网络上的友邻设置为“不看他的主页”，柳方蒙觉得自己站在一块静止的平地上。他站过了几个红绿灯的时间，人行道把他围起来，让他感到安全。他也确实是安全的。但只要稍稍挪动一下，哪怕只是挪到人行道边缘，也会有细心的交警走过来，提醒他往里走。柳方蒙弓着背，随着新一波的人流匆匆往家的方向走。他步子极慢，右手一直在上衣口袋里紧握着已经发烫的手机。他的食指按着关机键，接着再按开机键。一直到走进单元楼，他都这么按着，好像这样就能让他变得平静。

他甩了甩钥匙，第二下才准确插进孔里。门“嘭”的一下，像背后有什么东西把它用力弹开。他没有换拖鞋，径直走向书房。所有陈设还是苏翎最后一次打扫时留下的模样，只是现已积下一层薄薄的灰。柳方蒙把目光移向白色墙壁，以及墙壁上巨大的世界地图。

地图按照海拔高低绘制，高海拔的区域统一标注成赭石色，而他所居住的这块东部沿海地区，则被标注为浅蓝色。海峡是紫色，裂谷是绿色。还有某些内陆国家直接是一片朱红色。而他的目光一路朝东，看向那些蓝白相间的群岛，还有那些死火山密布的区域。在一座座岛的东边，他看到一整片被标注为白色的大洋。洋面上有一座细细短短的类似桥的东西。而桥的下面，是星星点点的陆地和海洋相间的地方。

“听说现在地图APP上，能看到各个地方的3D实景图。纸质地图，未来还有多少人会用呢？”当时苏翎刚用吹风机把洗过澡的身体吹干，她坚信用吹干的方式比用毛巾擦拭更洁净。他们的居所只有40平方米，房间却很多，书房、餐厅、杂物间、阳台……人在其中显得局促，行走仿佛是在挪动身体。但苏翎又非常喜欢动来动去。她沿着书房的一面墙壁挪动到客厅，再到卧室，并在阳台上停下脚步。

“要是一直朝一个方向走，最后也还是回到原点，那是不是哪儿也不去比较好？”她穿着米白色蚕丝浴袍，柳方蒙看着她在地图上标记的那些想去的地方。那些地方在他看来都没太大意思——圣弗朗西斯科、赫尔辛基、雷克雅未克、斯德哥尔摩等等。而且他觉得她永远不会真的去。

“会不会有一天，你把这些地方都标满？”他说。

“那我们就会需要一张新的地图了。”

柳方蒙把脸埋进水里，过了几秒才又钻出来。他打开手机，点进苏翎的朋友圈，那里已经是一条横线。苏翎的朋友圈从不再更新到他自己整个被屏蔽，这个过程悄无声息地进行过了，反而让他觉得轻松。他翻出领导的手机号，在短信里详细记录了今天去郑东阳家调查的情况。关掉手机的一瞬间，他突然想到的，是郑佰佰朝他翻的那个巨大白眼。

“那年国庆你们玩得怎么样？只是去了群岛？”柳方蒙正对着光，徐虹背着光看向他。她的脸庞边缘在反光下显得很粗糙，高低不平，却也让人不太能注意到她眼周的皱纹。她看着柳方蒙在阳光刺激下不能完全睁开的双眼，又看向他衬衫上的句子——“When good folks meet, evil men keep their distance.（好人相逢，恶人远离。）”距离郑东阳回家还有两个小时，她不知道，如果郑东阳看见他们这样聊着他，会不会说一句话。又或者他会像第一次不说话的那个晚上，只是在她的追问下低头坐在沙发上，偶尔眼睛向上看她一样，目光严苛而决绝。

“我只是觉得他要去东边是有原因的……国庆，那年国庆的事儿，都过去三年了。”

“是什么原因呢？”柳方蒙见她没直接回答，又问道。

“……那年国庆，我想着，可能是我认识他之后，我们在一起最开心的日子。”徐虹坐下来，声音变轻，接着又激动起来，“我们谈恋爱的时候，常常花几块钱坐小火车去隔壁霜岛。但霜岛只是小湖岛，我觉得没有椰子树和蓝天白云，就不算是岛……霜岛，灰蒙蒙的。晚上又没车回来，我们只能住在农家乐。一到晚上，郑东阳就跟他大姊还有他妈妈‘请假’，我就很烦……”

“不过，结婚之后倒很正常的。头三年，他大姊会来，婆婆也会来，但我每一次都跟她们闹得不太愉快。我们买房后，日子好了些，婆婆来的次数少了。她说儿媳妇掏钱装修的房，她住不习惯。大姊离婚后比以前还要来得勤，每个国庆长假都要来我家睡地板。郑东阳给她支了张小床，但她不睡，觉得给我们添麻烦。可她睡在地板上，才是最恐怖的。半夜起来上厕所，一不小心就会踩到……郑东阳大姊睡觉没定性，总要动来动去，本来她在卧室外面，睡着睡着就移动到洗手间旁边了……不过后来没多久，郑东阳也不跟她们来往了。除了春节，他几乎都在工作，还有经营我们自己的日子。直到他开始说东边……”徐虹抿了抿嘴，“就是那次国庆前，他说自己有个亲戚，住在一个什么岛上。”

“去东边找亲戚？什么亲戚？”

徐虹顿了顿：“他当时没说，我也就没问。不过，如果找亲戚，那干吗一开始要去西边？他可能只是想引出旅游的事，他知道我喜欢海岛，如果他提出西部和东部的两个选项，我肯定选后面。”

“最后你们去东边找亲戚了？”

“我不知道那算不算去……”她说，“我们上了莲花港市最边缘的一座岛……但谁知道呢？谁知道那个岛那么大，我想着群岛上的一个小岛，不是很容易就走到尽头的吗？但我们在岛上骑行了一个白天，才终于到了海边。海边光秃秃的，还很冷，不能游泳，贝壳啊什么的，根本就没有。岛上的景区被开辟完了，像被洪流冲刷了一遍，到处是人工的痕迹，但其实人烟又很稀少……"

"郑东阳兴致很好，骑行的时候，我发现他路线没跟着地图走，我就在后面喊他，但他不应，就一直骑，我也一直骑。也不知道骑了多久，他突然让我停下来。然后我看见——在一排不知道什么树的缝隙间，有一道闪烁不定的金光。那时候是傍晚，我看不清那是一道什么光。但郑东阳说是跨海大桥。我记得，就那样骑了好一会儿，那金光才算消失。"

徐虹说完，有些出神。而她身后，是跑来跑去的郑佰佰——阳光把她晃动的小身体打在墙壁上，形成了一块糯米团子大小的浅黄色影子。在徐虹低头喝水的瞬间，柳方蒙在笔记本上把刚才记下的两个词"大姊，母亲"画掉，又重重写下两个词——"亲戚，东边"。全城天黑得比西边的城市早一个小时，却比更东边大部分地区都晚一些。等柳方蒙缓过神，黄昏已快结束了。他想起，郑东阳刚调到他们学校的时候常常会说"天黑得真晚"，然后说起自己在另一座城市的生活经历。那经历平淡无奇，以至于柳方蒙不明白他为什么要说。迄今他只记得一个细节——郑东阳大学时全寝室住八个人，每个人都说着一种方言，最后大家就在听不懂对方方言的气氛中各自练好了普通话。

“那您知不知道郑老师有没有什么还保持联系的同学？”

“很多啊。”徐虹反应很快，“他是班长，他们还有一个微信群。”

“……我忘记是哪一次了，我半夜被他手机振动声吵醒，打开一看，那个群里的人，半夜又在发图……郑东阳跟着他们一起发。”

“什么图？”

“各种奇特天象的图，我不太懂。只知道有一幅肯定是极光。”徐虹道，“海岛骑行的那天，要不是手机没信号，他肯定要拍那道金光的……”

柳方蒙慢慢退出郑东阳家。他计划去趟学校，跟领导说这事没什么眉目，早点给郑东阳带的班分一个新的班主任才是正事，可他又觉得心神不宁的，好像徐虹说的那些前言不搭后语的人生片段已经画出了真相的轮廓，只是他自己辨不清楚。作为学校里著名的万金油，柳方蒙习惯了自己“备胎”老师的身份，哪个老师不能上课，他就自觉补上。以至于学校领导让他走访郑东阳的家并做调查，他也觉得没有拒绝的理由。入职这几年，他陆续教过物理、思想政治、生物，以及不同年级的语文，因为被学生多次反映讲课没重点，最近又开始教体音美。只是最近几个月他心不在焉，教体育时只会让大家一遍遍绕着操场的水杉树跑；教美术时随手从教室角落拿出足球、网球拍，甚至刚刚换上的塑料袋，随意在静物桌上一摆，说一声“画吧”，就打发掉学生一堂课。好在这些课学生也不重视，就算这样心不在焉，也总能应付过去。

但这次从郑东阳家出来，他突然觉得自己应付不下去了。对曾经的他来说，面对棘手的工作，只要看似认真地为其付出应有的时间，至于结果怎样，也都危及不到他。郑东阳就算一直不跟大家交流，也不会有什么问题。他按时到学校，认真备课。如果当天要评讲作业，他还会提前到学校，重新看一遍自己打的分，检查是不是准确。在柳方蒙来学校前的那些年，学校里的万金油是郑东阳。只不过他和柳方蒙的区别是，柳方蒙不管讲什么课都漫无边际，郑东阳清晰有序，可以胜任学校里开设的任何一门课。

他可以把一个倒数的班级带到年级总分第一，还率先在学校各项排名落后全市各主要中学时，提出开设艺术班。他提出来的时候，全省艺考大潮还没有正式形成。郑东阳除担任高三重点班的老师，还兼任编导班与艺术综合班的班主任。和其他老师不同，郑东阳的教课方式完全独立，他甚至从来不用课本。柳方蒙一直记得，有一个姓杨的女学生，顶着一个寸头，喜欢顶撞老师。原本学的是理科，非要转成文科，成绩排名下滑到年级一百名开外，父母一趟一趟来学校，要求换回去。学校安排女生转到郑东阳班上，说好三个月后的年级摸底考试要进文科生前三十，否则还是学回理科。当时郑东阳带的是一个杂班。各个班成绩倒数的、不服管教的学生都在里面了。班上学什么的都有，理科、文科、体育、音乐、美术、编导……差不多什么都有。周一到周三，全体学生一同上课，周四和周五就分流了，女生原本应该跟着文科生一起上课，却渐渐被其他课程吸引，在各个不同的小班窜来窜去。过了一段时间，女生发现自己被全班孤立，觉得是老师和学校的缘故。郑东阳说："不是没人理你，是你自己没位置。"杨姓女生之后更加叛逆了几天，年级主任找到郑东阳，可郑东阳说女生并不叛逆，她的旷课记录和迟到记录为零，可见并不讨厌课堂，也不是讨厌学习。"这可能只是极端的自我表现方式，还可能是她真的不知道自己的位置，但她急切地想知道。"郑东阳当时说。

等柳方蒙从外地培训回来，女孩在郑东阳班上学回了理科。第二年，她以全省唯一一个理科生的身份，通过了最高戏剧学院文学系的考试，专业课成绩居全国前十。而柳方蒙，渐渐安于自己的"万金油"身份，除了性情使然，还因为他对郑东阳好奇。仿佛在职业生涯上，郑东阳是一个"表率"。而今，这份好奇，又渐渐让他没办法再对这场调查应付下去，不是因为调查不能再被拖延和蒙混，而是他自己想知道。他想知道郑东阳突然不跟大家交流的原因。柳方蒙觉得，仿佛自己也成了杨姓女生，终于有了真的想热心的工作事务，但这又实在是太讽刺了。他想着，一边惯性地在笔记本上一遍遍写着同一个名字——“苏翎”。

他下了地铁，在大路和小巷之间选择了后者。大路是惯常去学校的路，他曾经和郑东阳一边聊天一边走在那条小巷上。很多城市都有这样的小巷，大部分人称它们“城中村”，但郑东阳说，那只是不能被安置的一块地方。很多地方拆迁，很多地方重建，长期没有被纳入的边边角角就连成了一条曲曲折折的“线”。小巷就是这样形成的。问题是，这样的小巷往往没有街名。郑东阳班上曾有学生私自立了街牌放在巷子和中心大街的交叉处，有一段时间，各类地图 APP 还把它收了进去，但很快被举报，小巷又成了无名街。人们用很多称呼指代它，比如“X 中东门外”，又或者“老拆迁办”。即使没有街名，在本市生活多年的人，还是能顺利找到它。郑东阳曾说，有了街名，反而不好找了。

小巷形成于财富大厦建造时，当时一大批老住宅区和商场都被清理。柳方蒙刚来学校的时候，就租住在巷子尽头一个老小区，小区围墙外挂着油漆大字“拆”，但迟迟又没有被拆掉。到现在柳方蒙还会看见老小区里拥出来的年轻人，有来自农村的，有来自外省的。小区的房租也没有比柳方蒙租住时贵多少，仍旧停留在全城房租价位金字塔的底端。但也只有在那些小区聚集的街巷中，柳方蒙才突然觉得自己身处一个没有辨识度的城市，身处地球上任何一个中等规模的平原城市，这种感觉，甚至让他有种暂时逃离熟悉生活的兴奋感，仿佛可以随时徜徉在另一层空间。所有的过去、现在和他还无法预见的未来交汇在一起。他再一次走上小巷，想到的不只是曾经郑东阳突然停下脚步，滔滔不绝讲起城市改建和基础教育的场景，还有苏翎踮着脚把墙上贴着的世界地图顶端——那块北极圈所在的位置标黄。

“这你也要去？”柳方蒙道，“不过可以神游。”

“哈哈。是神游好，还是真去了好呢？”苏翎道。

柳方蒙想着，突然感到一阵低落。继续顺着小巷的弧度走一段，就能看到学校，他不禁有些紧张。他希望碰见郑东阳，但又真的怕郑东阳像在学校里一样继续不和自己说话。他也害怕碰见郑东阳，本走在路边，现在则靠着一边的店铺低着头走。他觉得自己又回到了第一次去学校试讲的时候，站在阶梯教室的四块黑板前，头顶上的电灯棒照着，眼前一排中年人仿佛二十年后的自己，恍惚之中，拉拉杂杂讲了二十分钟，似也只在复述一个个书本上的故事。

直到台下的声音响起。

“所以你觉得柏拉图和德谟克利特有一个是不对的吗？你说柏拉图最初对物理学充满希望，但最终对它不抱幻想，因为他想不出地球是圆形的对地球有什么好处。为此在《斐多篇》里，他借苏格拉底之口批评德谟克利特？”讲话的人复述了一遍他刚刚讲到的内容，倒像是为他缓解紧张。

“是，柏拉图希望探究的是事物为什么这样，比如地球为什么是圆形的，为什么圆形是最好的形状。比如说地球是宇宙的中心，那就要说明为什么地球是宇宙的中心就是最好的……当然，柏拉图没有问题，德谟克利特也没有问题……他在用自己的方式去解释一切可能的自然科学问题，打破笼罩在城邦之上的神话传说……”柳方蒙突然清晰起来，“当然，刚才那些是我的总结，可能柏拉图并没有这个意思。”

“不，他有没有那个意思都不太重要……重要的是你怎么想。”

柳方蒙脑子转了一转，仿佛他自己变成了学生，只能懊丧为什么从高一物理讲到了柏拉图，但这一问又让他敏捷起来：“我们不可能先知道科学的结果再去探究具体的科学事实本身。”

“没错。但科学的神和神话的神不是同一个。德谟克利特和柏拉图谈论的东西本身也不是同一个，他们可以在物理学诞生之初的图景中同时出现，但你不能用德谟克利特去反驳柏拉图。”

当时那场试讲因为郑东阳的提问显得他漏洞百出，但十几场试讲中，只有他的试讲，给各位领导留下了印象，成了那批教师中唯一被录用的一个。柳方蒙想着，突然越发紧张又越发期待。直到前面拐弯处突然闪出一个高大的黑影，他礼貌性地对柳方蒙笑笑，露出一口柳方蒙记忆中的白牙。柳方蒙想喊他，但突然喊不出口，仿佛那个笑容的出现，就是为了阻止柳方蒙的搭讪。

“他回家很晚。比之前还要再晚些。郑东阳肯定知道你找过我。我昨天把他最近回来的时间列了列，感觉有越来越晚的倾向。”徐虹说，“我看见他在那个天象群发了一个Excel表格，上面列着一些老建筑，有些已经损毁，还列着正待拆迁的房子和小区。”

“这是郑东阳自己搜集的？”

“他的信息库一直都在更新。财富大厦周围的房子准备拆的时候，他就开始做表格了。最开始是全市的资料，后来有省内其他城市的，还有西北和东国境线附近地区的。有一个我有印象，叫鹰哥海教堂。就在我们去过的那个东部岛，叫鹰哥海岛……当时它还叫这个名字。莲花港管辖的。元朝以前还是两三个村寨大小，后来水位下降，埋在海底的旧陆地又密密麻麻露出来了，我们去的时候，已经是县城规模的地方了。”

她继续说：“表格里每个老建筑都注明了筑造时间，但鹰哥海的筑造时间郑东阳没写。他给那些老建筑挨个标了完整程度，但鹰哥海也没标。”

“有些老建筑应该不会拆的，郑东阳把它们和准备拆迁的现代住宅放在一起，想做什么？”

“他觉得应该有一个足够合理的公共空间，一个城市，一个村子，一座岛……”徐虹看向远处，“对郑东阳来说，不同时代的老建筑，是从不同空间坠落到我们这个空间的，我们要珍惜，更要合理利用。最好是，不占用那些建筑的空间，让它们和我们生活的世界，甚至和我们的生活本身融在一起。”

“郑老师的话您记得很清楚。”

“人都是记跟自己话语体系不一样的东西记得最清。”

“也是郑老师说的？”

“是。所以我说，跟他一起久了我也变旧了。”

“也可以说更‘新’了。”

“我要去接佰佰了。”

“我还有个问题……郑老师发完那个表格之后有人再说什么吗？”

“曾经有。但后来就没了。你没感觉到吗？郑东阳根本没指望任何人理解他做的事情，也没打算真的对任何人倾诉什么，他发与不发，都只是他的心情使然。”

“他现在不交流了。”柳方蒙突然心下一沉，“因为他觉得自己的内心完全自足，不需要借助跟其他人交流来获得满足和平衡。”

“其实我一直有可怕的想法，他在他的世界里一直是自足的，我，甚至他大姊，他妈，他以前的和现在的家，都是他生活的闯入者。”

“不会。郑老师是少见的真的关注这个社会的人了。他完全明白人不可能独自一人生活，这是不可能的。你知道我说的不只是肤浅层面的生活所需。”柳方蒙压了压嘴里的话，但最终还是说了出来，“很多事他不说出来，只是他觉得没必要说了。”

“这不是废话吗？”徐虹压低声音，“哪有什么是真正必要的。”

“或许这也是郑老师正在想的。什么是真正必要的。目前我们种种被要求必要的行为，它是不是真的让我们生活得更加合理，更加有效……”他边说边想着郑东阳跟他论起柏拉图的那节课。

郑东阳头发浓密整齐，两只眼睛不算大，左眼单眼皮，右眼双眼皮。离近看时，能看到右眼眼皮上有一条刀疤。柳方蒙想问徐虹那道疤痕是怎么形成的，但最终没有问出来。走出来的时候，他看到自己的影子浅浅地打在郑东阳家小区外的红砖围墙上。最近天气晴朗，阳光充足，街上的影子也多了，它们像一个个实体，填充在人与人的距离之间，好像眼前的世界多出了一层空间。人在前面走，它们在后面跟着，如果人不能时时赶在前，就会被后面的影子超过——有时候是自己的影子，有时候是别人的影子，更多时候，根本不知道是谁的影子，它们蜂拥而至，很快地，很多影子连成一体。柳方蒙小心地移动自己的身体，也尽量让自己的脚步不踩到其他人的影子，仿佛那是一种侵犯，尽管这行为有时发生在无意识的状态下。

“你看，像不像二向箔？”郑东阳站在柳方蒙的影子旁说。那是几年前，他们第一次私下交流。

“降维打击，变为平面……或者说一个世界就此消失。”郑东阳继续说，“你不是不想踩到影子嘛，所以才走得这样慢。”

这开场白有些特别，但又非常敏锐，柳方蒙有些吃惊：“郑老师您先过。”

“不用，我不急，只是忍不住。”郑东阳突然有些讪讪，“做老师就是需要不断忍住，我不是针对你，我是说，每节课都需要如此。你不可能把你知道的都告诉学生的。”

“这也太难了。”柳方蒙附和道，“老师也是边讲边清楚的——如果没这样的过程，讲课就是机械性的工作了，多么无趣。但要把这个‘清楚’忍住……”他想继续说，突然意识到自己根本还没有机会感受到这个清楚的过程。

“要忍住。一定要忍住。”郑东阳像对他说，也像对自己说，“柳老师，你今天讲得好，但是是对老师讲的那种好，不是对学生。”

柳方蒙有些震惊，这场混乱的公开课居然真的有老师在认真听，而他还真的看清了，知道他是讲给内心的自己，而不是讲给学生。

“讲给学生有乐趣吗？”他感觉自己这话不合适，但还是继续道，“他们什么都不知道，对一个什么都不知道的人讲，不是对自己的损伤吗？”

“不会啊。”郑东阳吃惊道，“你是在盖房子啊，在画地图啊……学生是你自身图景的一部分啊。他们也会改变你……而且，如果不这样讲一遍，你真的确定你说得正确吗？”

“我其实一直想问，您怎么会对教课这么有热情的？”

“您也有啊。您不知道吗？”郑东阳比画道，“只是您期待有人听懂，所以您不断重复很多人不能听懂的东西，我期待说出别人想听的，所以我需要忍住，不要去说别人不想听的和还不能听的。”

“惭愧了，我其实不知道怎么说出别人想听的。”

“如果没有信心，按照课本讲也是可以的。课本其实不错，你只需要知道这是通识教育，不用太纠结。如果可以，课本之外的书，你觉得好的一些书，让大家看看也可以。不看也没关系，可以讲讲故事，就像你说起柏拉图时……他们听得懂，但不会懂全部，这些声音会不停在他们耳边徘徊，等到他们完全听懂了，你其实已经在讲更高层次的东西了。”

“这样不会有问题吗？永远听不懂全部。”

“学校里的老师们总想让学生听懂，所以复杂的算式不讲，新奇的思路少讲，他们总想服务大部分学生，最好是全部的学生。但这不可能。”郑东阳说，“这是老师们的妄想。每一个老师，他能真的教到的只是很少的一部分学生。但好的老师可以影响他所有的学生。”

“怎么能影响所有学生？”

“让他们知道你究竟怎么思考的。”

“这不会让他们的思路禁锢吗？老师不会一直跟随他们。”

“当然不会，但你会跟着他们一起变化啊。除非你决意不为这世上任何人做出任何改变。”

柳方蒙翻开本子，上面是描画多遍的“大姊”“母亲”“东边”“鹰哥海”“财富大厦”……还有刚刚边想边描画的“二向箔”。如今，这些关键词连在一起，柳方蒙隐隐觉得内心通透了一些。刚刚他还觉得自己应该沿着郑东阳做的 Excel 表格上的老建筑所在地走一圈，但现在觉得没必要了。他内心有一个庞大的猜想，但不敢说。在那个猜想里，郑东阳从来都没有真的去过他研究的这些城市、这些老建筑，甚至郑东阳这几年看似密切关注的 X 市的城市规划还有这个国家的城市化进程，只是他在为一个重大的事情做的铺垫。他觉得自己需要见一下徐虹，或者那个被郑东阳抛弃的以前的家庭，他的母亲、姐姐，或者徐虹没有对他说的那些郑东阳的同学和朋友。这念头在他心底弹跳，他时而觉得应该这样做，时而又觉得那些人根本提供不了什么有效信息。他渴望直接去问郑东阳，但那个笑容仿佛仍在眼前，让他望而却步。柳方蒙想起郑东阳说的——“面对不能检验的事实，最好完整走一遍”，还有“如果是目前阶段解决不了的，就去请教另一个人生阶段的人”。但他该如何用郑东阳的脑子感受一遍郑东阳的生活？很多成年人，他成熟之后的人生多半是精神自足的，曾经围绕周围的朋友逐渐变得稀少或者疏远，更何况是郑东阳这样的人呢。他的亲人更多了解的只是他的早期人生，而他精神上真正亲近的朋友，柳方蒙不知道，徐虹不知道，郑东阳疏远的亲戚更未必知道了。而每个人的讲述必然充满不同程度的错位。即使是同一个人的讲述，也可能像徐虹一样，她最初跟他说到的郑东阳和后来跟他说到的郑东阳也仿佛是两个人。但柳方蒙决定暂时放下质疑，否则这所有来自郑东阳的信息，就真的完全无效了。

从 X 中到庐雨茶室并不很远，但郑东阳的大姊走了很久。她的形象和柳方蒙想象中不太一样，周身充满三线城市特有的富裕家庭气息，手拿包的颜色是今季的流行色——雾霾蓝，披着略显宽大的水波纹大衣，都是百货大楼能买到的国际大牌当季新品，尽管生产厂商都来自南国境线一带。柳方蒙原以为，她会是一个皮肤干燥、头发略显凌乱的臃肿妇女，可她体态匀称丰满，脸庞饱满红润，显得徐虹的苗条反而是一种单薄。她脖颈上系着一条柠檬黄色的丝巾，下巴及脖子连接处还有眼角略有几条皱纹，倒更像对脸型的修饰。她把包轻轻放在玻璃桌上，灰色毛线裤包裹着的双腿并拢向右倾斜，长发束起，前额的几缕乱发被纤细的发箍拢好整齐搭在耳后。她看似得体的装束却显得很怪异，身上每一件单品都像刚刚从模特身上剥下来似的。

“我是郑东兰。”她兀自叫了壶云南白茶，“这里以前是棋牌室，现在倒变成什么庐雨茶室了。”

“旁边新开发的住宅区——聚合名居不也变成西班牙小镇了吗？”柳方蒙道，“我听郑老师说，您不是本市的。”

“郑东阳不会跟你说这个。”郑东兰看了他一眼，“他跟我们断绝关系后，我妈变得有点儿老年痴呆。我跟徐虹说过这个情况，郑东阳就经常回来看我妈。但每次只进我妈房间，不久待，也不跟我说话。后来我妈出事故住院，郑东阳虽然来照顾她，但是也只跟我打过一次招呼，等我妈好转一些，他就要赶飞机走人。去年年底的时候，徐虹突然找我，说郑东阳不跟她交流了，还问了很多有的没的。打听了很多郑东阳前妻的事。”

“前妻？”

“嗯。他们有过一个得了白血病的孩子，后来那孩子死了，捐款没用完，但孩子妈也没退……后来她出国念书，然后郑东阳跟她分居了两年，就离了。”

郑东兰交代得非常简洁，这中间省略的一切细节，明明更接近真相，却突然很难被还原。

“他前妻是个怎样的人？”

“他们原来是一个学校的同学，她是英语系，东阳学地理的。她比徐虹话少，常常盯着一个地方看。东阳说，她在琢磨其他事。”

“……他对前妻的感情相比对徐虹如何呢？”

“我看不出来。”郑东兰低头看着杯中浮上来的茶叶，“但为了她，东阳毕业后就执意留在北京，我跟我妈都反对……可是谁知道过了几年他又离开北京了。”

“郑老师在北京的工作是？”

“最开始是一个职校，可以解决户口。后来他又去了一个私立国际高中，年薪很高。就是各种累，家长们学历高，有钱，都觉得自己比老师聪明，东阳又年轻，他们免不了指教他一下。但他脾气倔，老得罪他们。他们决定离婚后，他就辞职了。”郑东兰嚼着两根浮在茶水表面的茶叶，看向窗外。

“好像您跟徐虹姐都没提过郑老师的父亲。”

“他跟我妈在我们小的时候就分居了。小时候过春节我妈包包子，他也来过我家的院子。门是虚掩的，他一推就能进来。有次，我看着他推门进来，吃了两个菜包，然后就走了。那是我最后一次看见他。”

“那时候郑老师几岁？”

“六七岁吧。但我觉得东阳没受我爸的影响……他也没受我们家其他人的影响。我们这一辈儿，只有他自觉跟亲戚、跟表兄弟姐妹们保持一种亲和感，谁有需要的时候，谁有难的时候，他总会雪中送炭。”郑东兰道，“我过去常常觉得，到哪里找像他这么好的人？但他现在也不跟他们来往了。”

她继续道：“不管做任何事，他都以让家人放心为前提……以他当时的分数，国内差不多什么大学都能进。他兴趣也广……我上班之后才知道，他高中有段时间，每个月都会去找我爸下一次围棋。甚至我妈第一次生大病开刀，也是他先知道的消息。我读大学时谈恋爱，跟我妈情绪对冲的时候，是他代我向我妈传话，又向我传达我妈的各种情况……徐虹和他刚恋爱的时候，给我打电话，让我们不要老找东阳……可我其实都不好意思说，东阳跟我们打电话是习惯，是默契，我们是真正的亲密的一家人，不是谁要捆绑谁，更不是谁要掌控谁。不过，现在这也没什么好说的了。”

“郑老师前妻呢？你们相处得如何？”

“她？她根本不理我们。那个女人，什么都挺好，就是脑子里只有自己。东阳，他能知道许多不同的人心里想些什么。这些年他疏远我，但我的生活也继续得不错。我只是奇怪，他为什么这样？好像把我们当仇人一样。”

“……他有说过为什么跟之前那个前妻结婚吗？包括为什么选择跟徐虹结婚？”

“当然是‘感情到了’。反正，他说什么我都要信的。那些年我们家所有人之间的纽带，就是东阳。我刚才说过了，他维系着我们全家和被我们疏远的亲戚之间的关系。礼数都周全，用他的话说，‘人要活得有来处’。但我以前觉得，他活得……太清晰了。”

“嗯。”柳方蒙道，“我还有个问题——郑老师喜欢旅游吗？他有说过特别想去什么地方吗？在东面群岛，有什么亲戚？”

“亲戚？如果是我知道的亲戚，那恐怕没有了。但是……三年前，有人说我爸去了东边，有个我和郑东阳该喊小表叔的人，还说看见过他。但我不想跟他有什么来往。郑东阳跟他有没有来往，我就不知道了。旅游嘛，他最大的问题就是宅。还有个问题，就是一直留着一个女同学的照片。”

“他有过很多女朋友？”

“没有。除了他前妻和徐虹，就是一个姓宋的女同学。那个女孩子也很怪，大学毕业后就满世界跑，前几年据说在乌兹别克斯坦，后来听说又去了非洲，还有一次，我在医院碰见她妈妈，说她回国了，但家里人都不知道她具体在哪儿。”

“您这几年一直在本市？平时不跟郑老师家的人来往吗？”

“我在，也不完全在。除了冬天，我还是更喜欢我们那儿。但我妈在这边生活得不错，加上老人想看孙女。东阳不在家的时候，我会带上老人去看佰佰。我愿意来见您，是前阵子和徐虹在小区门口看见郑东阳了。他看见我直接走了过去，面无表情。还好我妈已经病了，她要是清醒，看见他这样，该多伤心。”

“看来，除了郑老师前妻，他之前交往的女性。”柳方蒙看着郑东兰的眼睛，“和徐虹，完全像是两路人。”

“郑东阳找谁，我都不奇怪。最开始我也好奇他怎么找了徐虹，她家里人闹腾得要命。倒是她还挺狠，我记得，他们结婚前，有个亲戚想让徐虹给她表妹找个工作，她给表妹留下三千块钱和一沓招聘简章，就走了。这做派和郑东阳现在真有一点点像。”她说完，一口气喝下半杯茶水，“就算他回到徐虹说的‘之前的状态’，那也只是他们家。我们家、我、我妈、我们那些亲戚，郑东阳早都断得很绝了。”

柳方蒙张张嘴，但最终改口道：“郑老师有个班级微信群，您知道吗？”

“我不知道这个。用你们的话说，他就是不愿意进行工作之外的交流，那你们可以在他工作的时候跟他说话啊。

并不是没有途径。这样的‘了解情况’，用现在的流行词叫什么？尬聊？任何人，你堵着他说话，他能不说话？”

柳方蒙放下茶杯，眼前仿佛浮现出徐虹焦躁的脸。她刚才说过和郑东兰一模一样的话，柳方蒙也对学校领导这样说过。可事实是，每一个这样说的人，都没有真的这样做过。即使是徐虹，看见郑东阳出现在客厅，也只是问他为什么不坐电梯，而郑东阳一如既往地不会回复，只是把佰佰的考卷从头到尾翻了一遍，重重签上了自己的名字。

已是下午。柳方蒙等郑东兰走出去约三十分钟，才从茶室出来。郑东阳前妻的名字甚是古怪，网上查到的三个同名者，其中一人为男性，一人只有十五岁，另一人四十二岁，和郑东阳年岁相近，正在芬兰一所私立大学做访问学者。柳方蒙看到女子的主页，头像是一张看起来只有二十几岁的自拍照，女子那张大脸的背后，正是郑东阳最初任职的职业学校大门。柳方蒙把主页网址中的自定义域名复制粘贴，立刻搜到一个同样域名的博客。博客注册时间是十年前，唯一一篇没有被锁住的文章是白血病求助帖，被转发一万多条，评论五千多条。其中最热门的一条评论，是说孩子去世，请停止捐款，发帖人 ID 是“dongyang1976”。

郑东阳的班级换了新班主任，从上次摸底考试来看，学生成绩没有因为郑东阳的反常出现下滑。高二年级有一位历史老师曾经就近现代史一个问题追问郑东阳，把他堵在学校食堂门前二十分钟。郑东阳只撂下一句“我不知道”，从此避开和这位老师碰面，甚至不再去食堂吃午饭。即使是教师之间正常的工作往来，郑东阳也一概以“不是我负责”“不了解”拒绝。整个办公室，因为郑东阳的沉默，变得十分安静。柳方蒙曾在校门口看见接郑东阳下班的徐虹。她换了新的皮包和衣服，郑佰佰依然活泼开朗，看见每个老师都要打招呼。只有郑东阳呆滞地走着，仿佛所有人，眼前一草一木的变化在他眼中都不存在。他故意走在郑东阳身旁，但郑东阳没有和他说话的意愿，他的拒绝，更像尽可能把自己择出所有人的生活。柳方蒙从网上调出鹰哥海教堂的照片，它非常崭新，像刚建好一般，虽然和它身后的房屋颜色一样，但看得出来它新很多。这和财富大厦周围建筑的情况相似——虽然被拆掉了，但新的楼盘为了和财富大厦看起来配套，也刷成了财富大厦的颜色。那些明亮的金黄色窗框，仿佛随时都在呼唤另一个新的财富大厦。柳方蒙按图索骥，查询了所有被郑东阳列出来的建筑，它们有的在自己所在的城市非常突兀，有的正在被同化，甚至改建。它们往日的气息正在消散，新的气场又尚未建立，使人面对它们的时候，觉得既让人游离出现在的生活，又抓不住它一丝往日游魂作为可靠的依傍。

“它们不属于任何空间。”用郑东阳的微信号把 Excle

表格发给柳方蒙时，徐虹加了这句话。柳方蒙知道这仍是郑东阳曾经说过的话，但他没有继续追问的欲望。或许徐虹可以在郑东阳对她开放的手机信息中发现一些蛛丝马迹，而它们恰好又是柳方蒙了解他的新的途径。但柳方蒙觉得羞耻，就像苏翎第一次来学校看他，他给她介绍自己的同事，并向她解释，自己的工作就是代课，而苏翎一边不解，一边东张西望，直到把学校里的花花草草都看遍，才突然说："代课老师不都是流窜'作案'吗？你怎么一直在同一个学校代课？"而柳方蒙只需要说一句，郑东阳也曾经是这样一位代课老师，她就会恍然大悟，带着与自己年纪不符合的吃惊表情道："很厉害吗，郑东阳？"

"是啊，起码是我们学校最牛的老师了。而且，他是目前最赞成我们在一起的人了。"柳方蒙笑道。

"呵，为什么要他赞成？"

"两个人在一起还是需要得到祝福的。"柳方蒙像背书一样这么说。

"自己祝福自己不可以吗？而且我们也可以互相祝福。"

柳方蒙想着，仿佛又回到刚来学校时，他看见郑东阳怀揣着少有的阴郁走进当时空无一人的办公室，并请柳方蒙一定留住班里那个准备转校的女生。

"她现在换学校要出现问题。"

"为什么呢？早点斩断年轻的感情，总比分手哭天喊地要好。再说，那个学校也是重点学校呀。”

“不，他们不能现在分手。起码要有一个人，察觉出和对方在一起不完全是开心之后。”

“那万一一直不能察觉呢？”

“怎么可能呢？那个女生野心太大，那个男孩却有些急于求成，他们就是两类人。只要他们再走近些，会更多发现彼此的不同。而这个不同，他们暂时还学不会容纳。”

“可您为什么就一定这么热心呢？”

“如果我不诚心让他们更好，我的工作就真的只是‘工作’。如果只是工作，那又有什么乐趣？”

“抱歉，我只是因为不能去更好的地方所以来了这儿……”

“您打住，我没兴趣听。”郑东阳道。

柳方蒙震惊地看着他。

“柳老师，您以为友谊存续的方式是什么？”

柳方蒙想说自己受宠若惊，被他当成朋友，但最终说出的是一声略显诧异的“啊”。

郑东阳在突然停电的办公室点上蜡烛，摇曳的火苗似有若无地要舔舐他的手指：“距离感，以及永不追问心情，永不分享秘密。不管那是自己的，还是任何其他人的。”

柳方蒙觉得这话郑东阳还跟他说不着，但他又觉得幸好说了。

“你不觉得残酷吗？”他想起苏翎的话，并跟着回忆中苏翎说话的口气慢慢在此刻的大脑中转述着。

“‘过年回家是很好的一件事，因为会见到很多亲戚。你可以更多观察与你有血缘关系的人们。观察他们，并修正你身上的问题。’听听，你刚才的话，多残酷，好像问题都出在有血缘关系的人和亲戚那里一样。”苏翎撇撇嘴。

“问题都在我们自己身上，但你可以观察那些停止思考的人究竟是怎样生活的。”柳方蒙想象着郑东阳的语调，并试图说出郑东阳会说的话。

“你怎么确定别人是停止思考的，而你就是思考着的？”苏翎反唇相讥。

“我能确定啊。否则我们为什么彼此选择了对方？不要告诉我这只是浪漫情绪使然。”柳方蒙决定选一个苏翎能接受的方式。

“好吧。这当然不是，我知道。”苏翎盯着地下，仿佛自己脚下是一个黑洞，此刻正在无限朝下蔓延。而此时此刻，柳方蒙觉得自己就是苏翎的那个黑洞。他破坏了她的秩序，但很可能这种“破坏”也只是他基于情感上的一点儿幻想。苏翎只是厌倦了他的指手画脚，因为她根本没信过他那些理论。

柳方蒙走进离自己最近的一家旅行社，请负责咨询的女士调出最近比较受关注的旅游线路。在一张张眼花缭乱的彩色路线图中，他检索出了几个让人情感复杂的地名——霜岛……北京……塔什干……莲花港。

霜岛是离本市最近的小岛，出现在各种旅游热门线路上并不奇怪。北京是几条远方旅游线路的交叉点和中转站。塔什干并不是什么热门旅游线路，但有张中亚五国游的单子混在这一沓国内旅游线路里，塔什干是里面很重要的一站。莲花港嘛……这可能是本市火车和飞机能直达的最远的东部沿海城市。柳方蒙的目光停留在形状确实很像半朵莲花的港口城市，顺着它一直往东，就是日本群岛。接着，就是茫茫的大洋。

“这是这两年的一条热门线路，叫穿越东国境线之旅。”

“穿越？”

“先乘坐飞机穿越临近的几座内陆城市，抵达东面群岛腹地，再以群岛为圆心，跨越鲸海……”

“跨越鲸海？那不穿过亚洲了？”

“一般游客就是在东国境线沿线一带游玩，就算跨出去，也是国境线附近的免签国。但我们既然是穿越之旅，那它还是可以按照游客的喜好，变更目的地，也可定制私人路线。”

“这都可以？”

“这是面向年轻人和城市新贵的一条线路，固定路线不能满足需求，有一点儿变化的机会，人会更有尝试的欲望。”

柳方蒙咀嚼着“城市新贵”这个词，感觉自己周身没有新贵的样子，年纪不上不下，也实在算不上世俗意义中的“年轻人”，但还是问道：“跨越鲸海之后呢？还能穿到哪儿？”

“我们有几位专门负责私人定制线路的导游，他们可以单独给您安排直飞美洲的行程，并联络当地地陪。我们也接待过穿越东北国境线往俄罗斯方向去的旅客，还有日本、韩国的。不过，这几条线路收费比较高。毕竟是私人定制，完全一对一，您可以完全自由地把个人喜好告诉导游。”

“跨度也太大了。去美洲，那还哪儿是东国境线之旅。”

“我们是‘穿越东国境线之旅’。”

“这个团，有人报吗？”

“除了私人定制线路。普通行程我们超过十个人就开团了，如果没有谁特别提出，就默认全团旅客只到东面群岛沿线。最远可穿过国境线界碑，到最近的几个外国城市，但不会跨海。”

“这么说，也没穿出去多远啊？”

“几年前，这个线路刚刚开始面向市民，有个有名的老师就报了要跨海的项目，差不多穿过了亚洲。”

“那个老师是自己去的吗？”

“这就不知道了。我只负责登记报名的旅客，不管是全家还是单人。因为这条线路特别贵，如果有旅客提出带伴侣或者年幼的孩子，我们是不反对的。”

“我还有个问题。如果旅客在开团后，提出要去其他国家呢？”

“截至出发前 24 小时，旅客可以提出，我们会尽可能安排。但由此造成的损失，我们需要旅客承担。”

旅行社外的大街上起了风，把离他最近的窗户震得有些响。柳方蒙试图梳理出一条清晰的故事脉络。郑东阳了解各个地区建筑的筑造情况，尤其对一个教堂情有独钟。他还曾经参加旅行团跨过鲸海，穿越亚洲。而他去东边找的亲戚，很可能是他的父亲，更主要的是那个父亲所在的岛，究竟在哪里呢？

“那个老师，有在什么地方停留过吗？”

“……您对这条路线感兴趣吗？”

从柳方蒙的角度看过去，咨询员的脸是背光的，唯一一道昏黄的亮光集中在她的右耳耳畔，但很快，柳方蒙就被她身后一面墙的六个钟表吸引了。在它们身上，六个国家和地区的时间在流动，在交融。柳方蒙仿佛又一次站在了十字路口，四列陌生人的队伍贴着他的衣角擦过去，合理绕过了他，他在无数条流动的时间里，而他却仿佛与它们毫无关系。柳方蒙用有限的地理知识勾勒着他的立体世界，除了四个季节，还有高原和山丘，峡谷与平地，河流与大洋。而钟表标明的六座城市所共有的相似建筑，厂房、地铁、道路、车辆……却仿佛都不存在了，它们被亘古存在的事物超越，它们的轮廓在群山的掩映下，被不同时区和海拔的平原踏过。古老的事物在奔跑，它们只在阴影中。可是人呢，人好像又更小了，又或者人在此刻雷同于他们所创造的事物，改造的城市。“人群永远有缝隙。”——他想着，并很快知道这是郑东阳的话。一瞬间，那些离他很近的肩膀，看似无序却内在规整严密的队伍里，仿佛都只是一条条缝隙，锋利且没有创痛感地穿过他的躯体，清脆而干净。

冷气从忽然打开的门缝钻进来。他的右手一哆嗦，下意识从裤袋内摸出手机，黑着的屏幕在黄昏微弱光线的反衬下显出起伏不平的裂痕。如果此时屏幕亮起，这些曲线或许能穿过一组号码，一条更新提示，或者无数个来自不同 APP 的消息提醒。如果打开的是通信录，作为裂痕的曲线还会把不同的名字交杂在一起。他眼前浮现起徐虹描述的荒凉岛屿，从陆地到海洋的边界总是被水位的起伏不定搞得很不确切。她和郑东阳骑着单车环岛，一道仿若金光一样的东西，让一个人兴奋，又让另一个人困惑地在后面追赶……

“这是文章吗？这是命运。”

他想起郑东阳在一节关于 20 世纪电影史的公开课上讲的话。他记得那句话之后，郑东阳突然停顿下来道：“不是既定的命运，是他写下了那一刻自己的命运。如果那被验证了，那句话就是谶语；如果没有，那是他的命运从写下那句话之后就走向另一条路了。”

柳方蒙不喜欢“命运”这个词，甚至郑东阳那一刻对这个词的使用，让他对郑东阳也不满起来。但他没有反驳，他下意识觉得郑东阳使用这个词是有隐晦的意思的。但当他听见郑东阳高声强调着“他记录的也是他的命运”时，他感觉到的是深深的不耐烦。

“如果是虚构电影呢？”柳方蒙坐在教室的最后一排打断他，“电影拍出无数人的命运，和自己无关的人的命运，那电影还能说是导演、是剧本创作者的命运吗？”

“看待别人的方式，本身就在映射这个观看者的命运。难道你认为法斯宾德和伯格曼会过同一种人生吗？”

“那换个方式……如果是戈达尔和特吕弗呢？他们的电影很风格化，但人物是导演摆放的，导演眼中的这些人，还是这些人本来的样子吗？”

“没有‘本来的样子’。”郑东阳道，“只有你认为的样子。”

柳方蒙推开旅行社的门，记忆的重现让他整个人看起来很恍惚，但头脑却越发清醒。但清醒也是循序渐进的，直到他走到自己家的楼下，才与记忆的回放再次告一段落。

“只有我认为的样子。”他重复道。再次把手机放回口袋时，柳方蒙仿佛看见一个巨大的深灰色影子从他身后跳了下去——天暗了下来。

对郑东阳的调查告一段落，柳方蒙不再往徐虹家去。大家更加回避郑东阳，甚至不愿直呼他的名字。徐虹常常在睡梦中感觉到郑东阳起身，但她不会再像过去一样质问他，反而是继续闭着眼。郑东阳轻手轻脚在饮水机接水喝，水量控制得很好，徐虹几次觉得自己可以在这些细微的响声中沉沉睡去。这些响动仿佛也在宣示一个家庭仍在转动，她几次把头半埋进枕头里，不让郑东阳察觉到她克制的哭泣。徐虹摊开自己保持整晚的睡姿，双臂抱肩在床单上滚来滚去，把郑东阳睡出的那条轮廓碾平。直到楼梯上的脚步声渐渐变远，她终于再次平静下来。八点一刻，徐虹起身，在笔记本电脑上打开几年前常常浏览的博客。这段时日，博客主人更加疏于打理，除了主页每隔一段时间都会发生变化的头像。但这次不同了，简介那里更新了近况，当然也无非是——在哪里再次深造，在哪里教书，发表了什么文章。仍然是她刚跟郑东阳在一起时，郑东阳口中“庸俗知识分子”那一套。但徐虹此刻再看，只感觉到深深的嫉妒。几行陌生的简介文字似乎把一个人描述得足够完善和成熟。背后的东西，因为被遮蔽，不会有人知道，也保护了这个人。可她呢，她没有什么简历可说，她不能说自己做出了多少销售业绩，那毕竟仍仰仗已有的经济体制，不构成她自己的创造。她也不能说自己生养了郑佰佰，她只是想要一个孩子，至于要怎么养这个孩子，她没有真的想清楚。倒是郑东阳似乎对孩子的到来很漠然，却最先关心怎么养的问题。徐虹觉得他对教养下一代的热情与生俱来，让他显出日常少有的男子气概。并且，她口中的“下一代”不止郑佰佰。

“随便你怎么说吧。”郑东阳有次不耐烦道，“如果你这么觉得，我没什么好说的。如果我说我对一切值得教养的人都想好为人师一番，你是不是又觉得我更加冷酷。”

他的声音充满层次感，像极力克制又想要表现。或者说，他希望她站在他这一边，理解他。徐虹不太喜欢“理解”这个词，她更能接受“相信”。她不太理解郑东阳说的，但她曾经无条件相信他。他是不是也看到了这种盲目的相信毫无生命力，所以决心不再与她说话？徐虹再次躺下，感到全身乏力。郑东阳不在，她没有了哭泣的欲望，意识到这一点，她对自己非常厌恶。仿佛除了对知识的了解很有限，以及她认为的精神生活的贫瘠，她的情感仿佛也变得浅薄了。她想要转移注意力，而她转移的方式是再一次把注意力放在郑东阳身上，只不过这次她困惑的是郑东阳既然不愿意跟她交流，却还坚持跟她睡在一张床上。她想着，直到被窝变得冷飕飕的，积攒的热气成了冷汗。徐虹坐起来，盯着衣橱，用尚存的理智拼凑出今天应有的穿着——这成为她开始工作的动力。出门打车前，她点开了通信录，在迟疑中，再次拨通了柳方蒙的号码。

“我下午要去 X 区谈一个事，离你们学校两公里左右，可以的话，我跟你说个人。”

徐虹的声音有些喘，柳方蒙想到苏翎跑过来找他的时候也是这样喘。他突然觉得郑东阳对苏翎的好印象，可能就跟他自己对苏翎的这些描述有关。

“你适合去写文章。”郑东阳常这样对他说，边说还边用他高鼻梁上的大眼睛看他。

柳方蒙为自己突然的走神感到羞耻，但他确实不关心徐虹究竟想说什么，除非她告诉他，郑东阳不说话的原因来自哪儿……但他仔细想了想，好像连这件事，他也不那么感兴趣了。他曾喜欢每天打开苏翎的朋友圈，看看她那个把他拉黑的朋友圈有没有换封面图，有没有换微信头像，如果有一次刷新时发现换了，他就觉得苏翎又对自己说了一句话。但现在，柳方蒙对这件事也没有兴趣了。他匆忙赶到小区门口，在倒春寒的风里风驰电掣地骑了一阵儿共享电动车，只三四分钟，就到了徐虹说的酒店大厅。如他猜测那般，徐虹没有去找客户谈什么事儿，她已经坐在那里的沙发上了。并且，从她呆呆的眼神看，她已经坐在那里有一段时间了。

“您太太是不是离家出走很久了？”

柳方蒙脸一冷。

“我觉得您是关心的……我的意思是，你能感同身受，一个人，要离开你之前的状态。”

“郑老师要走？”

“可能比那还严重，他应该要彻底走了。”徐虹说，“我以前想过类似的情景，可能也不是想过，是梦见过，我梦见他在窗户那儿徘徊，跟我说，哪儿哪儿又要拆了。我就说，那跟咱们有什么关系啊？他就不再看我，也不再说话了。直到过了很久，他会说，我们这里也要拆掉的。”

“这跟他要走有关系？”

“拆掉，那不就是没家了吗？”

“我觉得您可能想多了……”徐虹声音很轻，表情略显愁苦，柳方蒙不忍直视，只好盯着桌子一角，“梦是相反的……而且，您可以自己做选择的。人嘛，只要是自己先做的决定，事后起码会觉得舒服些。”柳方蒙眼前浮现的是瘦到 35 公斤的苏翎，双眼凹陷，鬓角长出一根白发。她才二十六岁。他再次想着，他不知道在另外一个地方，她是不是又健康起来，面色红润，双眼明亮，思维跳脱，又常常故作坚定。

“你相信吗？”徐虹道，“我觉得，每天早上醒来我都会被抛弃一遍。”

柳方蒙僵硬地坐着，徐虹这番言辞让他倍感不适，但他却觉得没有理由表达不满。或者，他此刻承受的来自这个陌生女人的怨气，其实是来自苏翎的。是他一次次拒绝听她的宣泄。他应该听她说，不断听她说，起码帮她平稳度过那一年。这样想着，他第一次意识到自己可能不是怀着帮助她成长的心情，他不能承受可能只是因为没有耐心。他不能接受妻子和自己生活得不幸福，但他更不想被这种不幸福所捆绑，他不希望她的不幸成为他的负担。他突然痛恨自己，于是，听徐虹的怨诉，成为让他舒服起来的唯一方式。

“郑东阳之前跟我谈起单位的事，提到最多的名字就是你。”她微微挪动椅子，双手合拢放在左腿膝盖处，“他说在你身上能看见他自己。那天你来，听我说郑东阳的情况，我有些高兴。他从不跟我交流，只要跟他有关系的人来找我，我其实都很高兴，就像是他跟我说话一样。但除了你，真没什么人来向我打听他的情况。我就想，他不是一直跟他爸关系不错吗，可那人一次也没来过。他也有亲戚……还有以前他的同学，前同事，可是他们也都没来过。我很难过，一个女人的丈夫不跟她说话，这当然值得难过。可是他呢，好像真的没人关心他为什么会变成这样。也许，在我不知道的那几年，他已经远离了他曾经熟悉的那些人……”

“如果这一切都是郑老师仔细想过的……如果他早就打算好了这样做，并且有一个很长的准备期，我们又怎么能说现在这样对郑老师不是好的结果呢？”

“可即使这样，没有人要问为什么吗？我是说，去刺激他说话的人，不该只有我一个，关心这件事的人，也不该只有我一个。可是他们好像离开了郑东阳，也都没什么……”

“我不知道怎么说，我觉得您没错，郑东阳也没错，你们的亲戚朋友，也没什么问题。”柳方蒙忍不住道，“交流不是每个人的必需品。”

“但他要走了。”徐虹想着今天郑东阳穿的深蓝色无领衬衫，背着几年前他们旅行前一起买的飞机图案的帆布包。郑东阳随身带笔记本电脑是所有人都知道的，但她突然紧张起来，那里面或许带着他出走的全部家当。

“不会是今天。”柳方蒙看着她，“假设郑老师真的觉得我跟他像，那就一定不是今天。”

“为什么？”

“不交流不是终点，走也不会是他的目的……”柳方蒙想继续说下去，但最终拐到最开始的话题，“你想说的那个人是谁？”

“我看见郑东阳前妻很久不更新的博客开始更新了。我觉得有点反常，一个突然说话，一个突然不说话……”徐虹低下头。

“他们当初为什么离婚？”

“因为孩子。”徐虹一字一顿，“一个男孩儿，出生时七斤二两，活泼健康，但查出了白血病，在四岁时。”

柳方蒙再次想起那个白血病求助帖，以及郑东阳在那条评论中的语气——“孩子去世，剩余捐款共计××××××元，即日起陆续退还”。

“他们夫妇当时收到了很多捐款，但孩子没治好，钱也没花完，郑东阳前妻没退。”

“那他们确实是要离婚了。这不是郑老师能接受的事。”

“他可能不会。但他或许会去见她呢？不然她为什么突然在这个时间更新动态，还说自己来了国内？”

“郑老师不是还有别的朋友吗？不好意思，我不是说前妻是朋友……我记得，他提起过，自己有一个很久之前就联系过的女同学——宋博。”柳方蒙没有说这是郑东兰告诉他的。

“她骗了郑东阳三十万。”徐虹似乎并不关心柳方蒙知道他们夫妇之间的事情，“但郑东阳自己的说法是，那三十万是应该给的。”

她继续道：“她在西北种树，还养了群孩子，郑东阳不知道怎么看见了，也不知道他们中间又有其他什么接触……反正他捐了三十万，那本来是我们打算给佰佰的择校费。”

“宋女士。”柳方蒙组织着措辞，“宋女士不是在中亚……好像是在乌兹别克斯坦吧？”

“她在塔什干做贸易。这是郑东阳突然提起要开车去塔什干之后，我想到的。对于女生，郑东阳评价很高。但可能因为评价太高，我总觉得她不像真实存在的。老实说，我总觉得是郑东阳杜撰的，但那个钱，我相信他是捐了。他干得出来这事儿。”

“如果宋女士真的存在呢？”

“哦，我不关心。除非郑东阳要去找她。”徐虹突然道，“真的会去找她吗？”

他们一前一后从酒店出来，走得很慢，但因为一路没有停歇，柳方蒙仍能听见身后不断传来地图导航的声音“在大渡河路左转……在南石路右转”。直到他们一同走了三个街区，那个声音终于渐行渐远。他想问徐虹要往哪个方向去，但他很快察觉到是刚刚那份恻隐之心让他想要“关心”她。马路上流动的车辆，行走的人群，比往日让他更觉嘈杂。但这嘈杂声似乎有意无意地在帮助他，让他不得不分散些注意力看看四周：正在维修的道路，被路障围住的快速公交站和地铁口，被推倒的老房子，以及被拆除的小餐馆。但当他把视线收回到马路上，越来越宽阔的街道，开得越来越快的轿车，他不能说这一切没有变得更好。也许是错觉，好像街道一宽，车就开得更快了。如果站得足够远，柳方蒙相信，城市会比过去看起来更干净，但像现在这样，行走在发动机的噪声、轮胎和地面摩擦的声音之中，整座城市已经没有细节。他抬起头，远处交错排列着新的大厦旧的楼，正在改建的和想要拆掉的，它们是一块块不同层次的竖直灰色建筑物。阳光打下来，柳方蒙脚下，是一整块铅灰色阴影。高效的空间利用率把它们密集地叠印在一起，道路两侧，似乎都让位于各个商场、书店、餐馆，很多和人的生活密切相关的事物，都被一股脑儿塞进去。柳方蒙知道他此刻听到的所有声音并不只是来自马路，但马路成为这一切声音得以交织的重要平台。他继续走着，不知不觉已偏离原本要去的方向。但他决定这样走下去，直到走到这条长长的马路的尽头。他从来没这样尝试过，他不知道郑东阳是不是这样做过。

“你真的觉得这些空间是合理的吗？”

柳方蒙想起郑东阳说这话时两颊的大酒窝。

“难道不是吗？”

“还应该有另一层空间，完全为单独的一个个人而存在……”

“不存在这样的地方。”柳方蒙看着郑东阳，“你怎么会这么想呢？”

“……对于很多人而言，他们并不需要这么大的活动范围，但城市圈定了一个很大的范围，只要在这里生活和工作的人就要到处奔跑，从一个城市到另一个城市，从一个国家到另一个国家。”郑东阳看着下午五点棕黄色太阳清晰的轮廓，“如果我们把人的活动范围缩减到仅让人获取必要需求的那部分……人难道不会觉得更接近自由？”

他继续低声道：“一条街上，有餐馆、超市、菜市场、学校、居民楼……医院，还有殡仪馆和火葬场……”

“那它该有多长？”

“它可以很长！”郑东阳看着他，“那些城中村，很多不知道该如何安放的街区和道路，它们之间的缝隙，从此可以连成一片……”

“连成一片，那其他的地方呢？这条路不会变成黄金地段，不会有更多人想拥进来吗？这不会带来更多问题？”

“哈哈。这样一条路，它在建立之初就框定了居住者的范围，他们是那些愿意为了生活更高效，放弃，或者说原本就对那些不必要的娱乐和外在消费不感兴趣的人。”

“好吧。那这条路只能住科研人员了。起码也是很少数人。”柳方蒙道，“这是您的憧憬。”

“这是我的憧憬，可能也是妄念。”郑东阳平静地说。

柳方蒙一路想着，一面模仿郑东阳的语调。仿佛一瞬间，他真的和他有些像了。但他还是觉得学生的事跟他无关。

“真的和自己没关系吗？”他想起郑东阳说这话时的样子，并为自己此刻想起感到羞耻——他曾经义正词严反对的东西，他已忍不住用它们来校正自己。他对郑东阳好奇，他对那不可知世界的另一面葆有好奇。仿佛光总要照进一个混沌的球体，但柳方蒙只关心它照耀的过程，那穿过球体的光线究竟有几条，每一条分别通向哪里，柳方蒙并不那么关心。

“人只能关心他能关心的那部分事物。苏翎要走，是她关心不了你。”

“难道不是不想被我扰乱吗？”

“你没那么重要。”郑东阳道，“她的困惑中当然包括你，但那困惑的主体依然来自她自己。你也会沿着你想要的那条路走下去，那条路上未必包括她。”

“关心她和关心自己本来不就是一体的吗？”

“当然是一体，但关心并不是一定要知道谁的动向……还有另一种关心。”

“我不是圣人。”

“但你可以选择不做坏人。”郑东阳道，“让她去……你们的问题只是所处的人生阶段并不那么相融，是你不能接受她不理解你的部分，她也不能接受她会有看不明白你的时候。”

“感情难道不是相互理解吗？”

“没有那样的感情。”

“我可以迁就她……但她没给我机会。”

“不是迁就，没有迁就。”郑东阳说，“你不能渴望得到的时候觉得关心是一体的，又在纠缠错误的时候觉得你们是独立的。对方的错误，也是自己选择的一部分。”

柳方蒙为自己居然和别人提及情感问题感到耻辱。他又一次忆起自己当时脸微红，表情不自然，食指轻微挥动的毛头小伙模样，以及他在那一刻想到的仍然是自己，而不是苏翎会去哪里。

他拿着放大镜，仔细端详地图上苏翎标注过的城市和岛屿。根据笔迹新旧，他列出了苏翎可能会前往的地区和国家。他还保留了苏翎父母的电话录音，列出他们提到的地名。那是一对特殊的老夫妇，一人从北国境线的林区研究所退休后就常常去边地考察，常常大半年没有消息。一人在云贵高原养了一块果园，倒常常会来电话，但想主动联系，一般是联系不到的。柳方蒙和苏翎婚后，每周他们夫妻俩都会给双方老人打电话。这是柳方蒙的要求，苏翎虽然不满，但都遵从了。苏翎和柳方蒙的父母相处融洽，却对给自己亲生父母打电话反应过激。

“我不知道他们在哪儿，电话又是哪个。”她坐在餐桌上，一条腿搭在椅背上，另一条腿不耐烦地晃动着。柳方蒙想起第一次见苏翎时，他们和另外几个游客都被困在贺兰山下一家酒店外。服务员讲，除非他们愿意和陌生客人拼房，否则就只能另寻住处。柳方蒙已决定和其他几个旅客一起叫一辆黑车去市区，只有苏翎从背包里拿出帐篷和露营用品，在酒店门口自然地铺开。动作熟练得让柳方蒙好奇，好像这些东西都是她随身携带的一样。但这些恋爱过程中的高光点，在他们情感的后期逐渐演变成灾难。苏翎性情激烈，情绪起伏不定。她这样的性格加上独特的成长背景，使得她对人情世故缺乏理解的耐心。如果是不那么熟悉的人，她尚可以有教养地应对，反而是越亲密的人，她常常表现得暴躁。她不加掩饰的真诚逐渐变成一柄双刃剑。柳方蒙试图把一些朋友请到家里来，但苏翎不愿像真正的女主人那样让大家感到舒适，而苏翎自己的那些朋友似乎早已习惯各自沉浸在自己的情绪中，他们对苏翎，甚至对友情本身没有承担责任的欲望。他们只有能力关心自己。

苏翎因长期失眠变得愈发轻盈的身体，从餐桌滑到椅子上。她试图缓和一下气氛，睁着眼袋厚重的双眼解释道："他们本来就是居无定所的，我们全家也都习惯了……不过，我可以发邮件。"

柳方蒙察觉到她的努力，也没想到她会真的走，从她说出要走的那一天，客厅里她那只陪伴自己多年的大行李箱一直都是空的，直到他在小区楼下的深蓝色垃圾桶看到了它。柳方蒙意识到，那些曾经看似的改变，可能就是她离开的前奏。他想改变她——从这一点儿看，他和郑东阳不一样。郑东阳看起来似乎对所有人没有要求，除了密集地关心学生们和孩子的成长。但是参考郑东阳后来面对家人和朋友们的方式，柳方蒙又难以把那个郑东阳和之前的郑东阳连在一起。当时的郑东阳建议学校参加全省的教育试验试点项目，培养十四岁以下的孤儿。他还把科目列出来，柳方蒙在教师群看到过，那是一份给少儿看的经典文学和名人传记书单。郑东阳说，教育孤儿不需要考虑父母这个选项，他可以更自在地把他们教好。但柳方蒙面对他的热情，心情复杂。

他翻开徐虹和郑东兰提供的郑东阳大学毕业照片和中学毕业照片，分别找出郑东阳前妻和宋博。他再次打开那个博客，发现曾经被锁的文章又设置为“公开”，原本置顶的白血病求助帖取消了评论功能，文章内容也被更改成一篇学术论文，只有文章下部分未删的评论能看出往日痕迹。博客最新的文章是三天前发布的一篇访学文章，剥离专业方面的硬性讨论，更多的，是关于不同地区学院制度的描述，乏味异常。但有一点引起了柳方蒙的关注——几年前的一篇日志里，有张鹰哥海岛的照片。文中还提及自己旧日家乡的一位亲人。日志言辞恳切，尽管很少有对那位亲人的具体描写，但对自己年少时和童年的几个微妙的细节描写，都提到了“他”，也就是那位亲人。文中写道“小时候喜欢在河边扔小石子，但他让我不要扔，因为石子都进了河，人就无路可走了”，还写道“全城都在庆祝新生活重新开始，而我骑着娃娃车在他和亲戚们的双腿之间穿梭”，“他让我不要告诉母亲，因为告诉了母亲，他就连站在门口的资格也没有了。我说妈妈一直欢迎你来，只是你不来，她就只能说狠话。但他只是笑笑，不再言语”。博客文章不多，这篇显得尤其不同。他翻阅笔记上记录的关键词和关键细节，有一处和日志中提到的“他”很相似。那是郑东兰提起她和郑东阳的父亲——“他也来过我家的院子。门是虚掩的，他一推就能进来。有次，我看着他推门进来，吃了两个菜包，就走了”。再看日志的时间，在郑东阳上段婚姻存续期内。柳方蒙关了网页，仔细端详着大学毕业照上，她和郑东阳的表情，他们看起来都很害羞，女生显得矜持，男生显得活泼，如果不是那些博客上关于学术成绩的大段陈述和一些乏味描写，柳方蒙甚至突然觉得这个女生比徐虹和郑东阳更般配。但他很快觉得自己的想法很没有“道德”。柳方蒙翻开笔记本，在空白的一页上标注好今天的日期，写了四个大字“共享博客”，接着，又写下两个词——“他”“亲人”。

柳方蒙想问徐虹，有没有跟郑东阳一起去看过他的父亲，但他忍住了。他觉得徐虹一定会多次浏览那个博客，或许也在揣测“他”和“亲人”二者之间的关系。他想着，接着再次刷新了一遍博客主页，突然发现主页多了篇新的文章，但依然是一篇访学日记，只是中间有一段，文章作者写道：“两个月前在国内地铁上看见电视上播‘鹰哥海岛水位持续上涨，第四批移民的迁徙工作已经开始’，突然想起几年前和 Z 一起去那里的情景。记得岛上一到春夏之交就有特殊天象，在海滩附近的树海中散步，能透过林木的缝隙看到海的尽头有一条金线。当时我总觉得那是海滩发出来的光，但 Z 说那是天上的。我问 Z，为什么只能透过密林才能看到‘金线’，他说不会，只是我们恰好在林间看到了那条断断续续的金线，也因为金光不连贯，我们觉得它更加壮阔。我觉得 Z 说得很有道理，但我还是听说，沿着海滩边缘骑行看到的金光更粗壮更雄伟，但我没有机会看到了。”

这段话成为整篇文章中唯一可看的部分，柳方蒙也发现，博客里凡是涉及郑东阳的段落，就似乎写得更好些。柳方蒙现在唯一相信的，是不管那位前妻还是徐虹，她们都和郑东阳去过鹰哥海岛，只是都没提到岛上还有没有其他跟郑东阳相关的人。但如果她们都曾经在岛上见过郑父，如果郑东阳是去顺道看了父亲，徐虹却一次也没有提起，多少有点奇怪。柳方蒙拨弄着键盘，在又一次刷新博客后，他注意到这次博客简介添加了邮箱和 MSN 号。但 MSN 不是停用了吗？柳方蒙打开了电脑深处多年不曾点开的 MSN 图标，不料却突然成功启动了。只是先前的通信录好友的头像一片灰暗，柳方蒙觉得自己好像进入到另一层空间。这层空间可以随时退回到过去，也可以随时穿梭到未来，这完全取决于柳方蒙此刻的想法。但他来不及继续困惑，只是急切地输入了那个账号。很快，他就收到了好友添加成功的通知，那位前妻的 ID 是 Berlin1981，地区是芬兰。柳方蒙下意识觉得加的就是她，于是直接问道——

“非常抱歉，我想请问你知不知道郑东阳的父亲在哪里？”

“你是？”

“我需要知道他在哪里。”

在一阵沉默后，柳方蒙看见“正在输入”持续了几秒，直到 Berlin1981 突然发来一段语音。柳方蒙手抖了一下，点开后，听见她所在的环境很嘈杂，几种不同的听不懂的外语和轻重不同的脚步声交错穿梭，而她不耐烦地压低着声音道："鹰哥海吧。"

财富大厦周围的第一批大楼已建好，关于财富大厦要拆掉的消息却在地铁和公交车上滚动播放。徐虹说起几年前，城市拆除过一栋灰色大楼。只是灰色大楼是旧楼，住在上面的人，每一个都渴望拿到拆迁款。那是有些格局的老楼，虽然旧，仍有气派。徐虹和郑东阳第一次约会就在那里。一路上，郑东阳在前，她在后。他们之间保持着一般男女应有的距离，郑东阳右手一直牵着她，从一楼走到二十三楼，也就是顶层，他们的手心都汗涔涔的。徐虹没有松开，郑东阳也没有松开。灰色大楼坐落在城市改建之后新辟为繁华商贸区的原西郊宾馆所在地，在它周围，三十多栋新大楼同时动工，有的已经在装修，有的才建到四五层，还有的仍在打地基。从楼顶看下去，满世界都是浅绿色的装卸车。郑东阳说"真壮观"，徐虹说她"只觉得紧张"。装卸车穿梭在工人之间，也变得开始像人。徐虹想起电视剧里演的希望小学学生们飞奔向崭新的教室，但豆腐渣工程的教学楼却突然坍塌。徐虹不知道一时间这些楼宇急切地被拔出地表，是不是另一种不节制的后果。

“会有那么多人搬进来吗？”她朝一侧的郑东阳问道，“新闻上说要有五百万移民进来，会把西郊和东郊都填满。真的吗？”

“说不定那时候就没有西郊和东郊了。”郑东阳道，“都住满了人，那就都是市中心了，哪还有这些区别。”

“住满人就是市中心？”

“难道不是吗？人多到不得不有商业区、住宅区，不得不有新的学校、幼儿园、医院、超市、便利店……以及，继续增多的人……新的地铁、立交桥、轻轨……它们同时建起来，像棱镜的几个面，瞬间立体，接着饱满，然后膨胀。”郑东阳凝重起来，却很快又振奋道，“但也真的壮观。”

“真壮观呢。”徐虹重复道，并继续上下翻看着郑东阳的手机，还有他的运动手环——今天显示的运动量是5.73公里。浴室的水声哗啦啦响，离她很近很近，她可以冲进去，她有资格这么做。但那扇门内的水声却形成一道更厚实的壁垒，让她的欣喜又暗淡了下去。徐虹打开郑东阳的好友关注列表。她看见他给宋博的一组照片点了赞，那拍的是用捐款购买的各项教学设备。

徐虹想起郑东阳带她看那三十多栋大楼的建造现场时除了说“真壮观”，还说了“不过，比鹰哥海差了点儿”。

“那地方怎么比这里更好了？那里房子建得更多吗？”

“没有。”郑东阳看向远处，“那里只有一条街住满了人，一条鼓胀的街……有医院、超市、服装店、小学……其他地方只是过行人的，偶尔有游客，会环岛骑行。岛的边缘，都是树林，但树林栽种得很有秩序，人在里面还是有路可行。”

“不如我们什么时候去那里？”

郑东阳没接话。但徐虹没想到，几年后，她和郑东阳去东部群岛时停留最久的地方，就是鹰哥海。鹰哥海没有岛名，但岛上曾经想建一座教堂叫“鹰哥海教堂”。久而久之，“鹰哥海”也就是岛的名字了。

她把睡着的佰佰抱到她的小床上，然后把郑东阳的被褥放回自己的房间。如果他真的不想跟她在一处，那他势必要闷声不吭地再把东西搬走。如果他没有拒绝呢……她想着，突然更加紧张。

从另一间卧室走出来的郑佰佰，额头上的冲天辫已经松散，几缕软而微黄的发丝垂下来。她回想着刚刚结束的梦境，梦中她比现在更年幼，骑着父母老照片上才有的娃娃车，穿过爸爸和妈妈的双腿，还有一个个来了又走的陌生亲人。她的奶奶，想象中的爷爷，只看过她一次的姥姥和姥爷（爸爸让她叫外公、外婆）。她的外公外婆，提着充满黄土气味的蛇皮口袋，里面装着硕大的黄土豆，还有通红的大个花生仁。他们在跟妈妈小声说着些什么……但妈妈拒绝了他们。接着他们开始掉头发，接着亲戚们也出现了，他们也开始掉头发，一缕缕掉在他们家的白瓷砖地板上，最开始是黑色的头发，接着变成白色的。很多很多白色的头发，组成一层新的地皮。她的娃娃车在这些白发中穿行，白发卡进她的小车里，小车开始蹬不动。

郑佰佰拉长的影子像一扇门，让徐虹眼前的光弱了一层。她看向女儿，而女儿小小身躯的后面，是打开的浴室门，蓝浴袍被吹开一角。浴霸在地上，水哗哗流淌，徐虹冲进去把它关上。她走到餐厅，走到客厅，随着她的脚步声，所有房间的灯都亮了，只是亮度不同，让人觉得置身浅蓝色的舞池中央。徐虹在所有郑东阳可能放东西的地方都走了一遍，最后，她走向厨房。微波炉的门开着，昨天盛剩菜的菜碟似乎曾被加热过，还留有一丝温热。洗净的白瓷碗下，一张压出水状痕迹的纸条在朝地上滴水。

“可能是说准了。郑东阳下午走了。”

“去哪儿？”柳方蒙对着电话道。

“留了纸条，说去支教，学校安排的。”

“不可能。安排的话我们都会知道……”柳方蒙顿了顿，“可能是休假呢？”

“……他告诉了我地方，在鹰哥海……”

“那不是要沉了吗？人都移光了。”

“但他说在鹰哥海……或者，其实是那附近。或者，还是莲花港的一个岛。”徐虹道，“反正都是东边。但怎么会是东边？”

她继续道："他要去东边，为什么那次说自己要去西边呢？"

"你不是说了吗？那是为了让你提议去东边。"

"我还是觉得哪里不对。"徐虹道，"他都不跟我讲话了，怎么还会说去哪儿？你知道吗？这是他最近跟我'说'的最长的一句话。"

"不是不说话，是不交流。这是您说过的。"

"是的，是我说过的。"徐虹的身体倚靠着厨房的门滑落下来，直接坐到了地板上，"我现在觉得，你这句话，像郑东阳说的呢。"

"也许吧。但您现在要把知道的没告诉我的，都说出来。不然，我也不知道能做什么。"

夜车驶过，黄色的车灯和便利店的绿光交错打在窗户上。决定买房前，郑东阳跟徐虹说这个小区虽然老了点，却是城市扩建后最早规划的一批新小区之一，比后来的小区设置得都合理。他们刚搬进来的时候，小区的中心位置还有一片绿林，有一年清明，他们带着刚满月的佰佰在那里放过风筝。徐虹说过，那是只白色的风筝，郑东阳自己做的，风筝纸上画着郑东阳的黑白插画，那幅画近看线条凌乱，远观的时候却能看出是一个瘦削男人的轮廓，他穿着20世纪80年代新潮的皮夹克和牛仔裤，双手插进裤袋里，嘴唇抿成一条线的形状。郑东阳说自己本是临摹的丢勒的《母亲》，不知道为什么画着画着倒有些像他记忆中的父亲了。徐虹第一次见郑父时，他还在本市乡下，现在那里已经是市区的一部分了。那儿常常断电，外地的打工者、个体商贩，还有生活拮据的艺术家都和本地人混住着。郑父居住的阁楼在一条偏僻破旧的曲折巷子内。郑东阳那天早早下了班，他们本打算去电影院看姜文的《太阳照常升起》，但票还没买好，郑东阳就拉着她去了另一个地方，他说自己父亲又闯祸了，他们必须两小时内赶到。徐虹当时还以为郑父患了老年痴呆，需要时时刻刻都有人照看。直到在郑父阁楼附近的超市门口，他们找到了他。郑父用楼顶的废弃浴缸做成飞行器，但只“飞”出去几十米，就摔在超市的屋顶，飞行器散了架，他和超市顶层的雨搭滚落下来。郑父当时已经快八十岁，但口齿清楚，脑筋转得很快，他让郑东阳把他带到社区医院，让徐虹去他家里找出他的设计图纸。那座阁楼上的人，都没有自己独立的房间。蚊帐、木板、麻布片，辟出许多个狭小空间，每一个小隔断间只放得下一张小弹簧床和一只立柜，立柜会被当成餐桌、写字桌。没有椅子，这里的人也不那么喜欢坐在床上，他们更喜欢席地而坐。郑父留下来的设计图纸放在立柜上，废弃的一沓设计图纸用来当泡杯面用的盖子。制作飞行器的器具散布在不同住客的床底，看见徐虹走进郑父的房间，郑父的邻居们纷纷问她飞行器怎么样了，他们一同凑钱买了这些东西，现在他们要看到成果。徐虹哑然失笑，说给郑东阳听的时候，他却哈哈大笑。

“他就是有这个本事。让周围的人相信他，相信他能行。”郑东阳道，“除了我妈。”

“阿姨也是相信过的吧。”徐虹说完就改口道，“应该现在也是相信的。”

“这也无所谓了。希望你以后能相信我。”

“嗯？你要做什么？”

郑东阳的摩托车突然加速，徐虹条件反射地抱紧他。而郑东阳说：“相信我即使不走寻常路，也可以平安。并且，我也会这样相信你。”

徐虹想着，把冰箱门打开，在扑面而来的冷气中对着手机道：“我其实一直在关注郑东阳另一个微博。”

“嗯？”

“他经常给一个人点赞。那个账号很少发东西，不是我和郑东阳周围的朋友，也不是姓宋的……”徐虹说出她的名字，“宋博，虽然郑东阳在一条微博转发中‘艾特’过她……”

徐虹继续道：“那上面转发的信息驳杂。最新的一条转发，是关于国外一个小镇，说那小镇只有一栋大楼，楼上有学校、超市、书店……所有居民都住在那一栋楼上。他就是在转发那条微博后，第一次‘艾特’了他经常点赞的那个人。那个人微博内容很少，但能看出来住在海边，喜欢拍拍鸟啊，植物啊，自然风景啊……关于他自己，基本就是拍拍正在做的东西，有时候是画的画儿、写的字、看的书，有时候是绘制的地图，关于海岛不同历史时期的地图，还有一些是做的东西。我记得，有一个特好玩儿，是一个滑翔翼，微博上还说‘想用这个飞到隔壁岛，结果栽海里了’……你肯定也猜到了吧，那个人就是郑东阳父亲了。”

“你觉得郑老师的出走跟他有关？”

“我觉得无关。除了要资助学生和荒漠绿化的公益项目，郑东阳没有跟宋博，以及他爸之间有什么共同的要做的事情。”徐虹说，“发现那个账号的时候我很郁闷……他也不是不跟任何人交流，他还是有他想交流的人。只是，我不在那个名单中。”

“我也不在啊。”柳方蒙说完，徐虹笑起来，仿佛听出了他话中的安慰和失落交织的情绪。而柳方蒙知道自己的话缺乏立场，也尴尬地笑了。

“我还有一个疑问……您和郑老师有没有一起参加过一个‘穿越东国境线之旅’的旅游项目？”

“那个旅游团还有这名字？”徐虹道，“郑东阳是不旅游的，除了跟我那次，就是他说要穿越鲸海的那一次了——就在我们一起去东面群岛之后的第二年。他买了全套潜水设备，说要去看沉落海底的古代建筑，说得神乎其神。”

“你说你们一起去东面群岛的那一次，其实去的是鹰哥海吧？”

“当时是。但现在不能说是‘鹰哥海’。”徐虹呼出一口气，“鹰哥海不存在了啊。”

她补充道：“确切说，是这个地名不存在了。鹰哥海岛从好多年前就开始下沉，最近十多年下沉的速度变快。我听说最后一批移民开始搬了。岛屿地势最低的一块几年前被海水淹没，全岛一分为二，一个叫南岛，一个叫西岛。我和郑东阳去过其中一个，他说那里要建跨海大桥。只是后来桥没建成，但建成了海边列车，火车从海边开过去，现在那已经是东国境线最旺盛的一条观光路线了吧。”

“但是，鹰哥海教堂还在吗？”

“在。只是在南岛还是西岛，我已经不知道了。也或者那个名字还在，但是教堂又在其他地方重建了呢。不是经常这样吗？把一个学校一个城市移栽到另一块陆地上，说是‘文化的延续’。”

“郑老师的父亲，有没有可能就在那个教堂里？”

“我不知道。不过，你这么问，想必是已经确定了吧。”徐虹的情绪平复下来，内心想要追问郑东阳去向的心情也渐渐变淡。她把佰佰抱上床，给她讲了一个童话故事，那是郑东阳讲过的一个故事——

一个穿蓝裙子的小女孩儿喜欢养金鱼。每天她都会喂金鱼定量的食物，但是鱼缸里的金鱼变多了，她喂的鱼食也变多。小女孩儿原本以为每条金鱼都会分到足以吃饱的食物，却没想到有的金鱼撑死了，有的金鱼却变得瘦弱，甚至饿死了。小女孩儿很伤心，把仅剩的一条金鱼送人了。而送出去的那条金鱼，第二天却死了。

“为什么呢？”郑佰佰问。

“金鱼适应了弱肉强食的环境，突然有了很多鱼食，就不节制地吃起来。然后就撑坏啦。”郑东阳道。

“金鱼怎么才能重新适应呢？”

“这要问金鱼啦。适应嘛……只有一条路可走，就是重建自己的秩序。不过这对你来说太难了。”

柳方蒙挂掉电话，重新看向墙上的地图——这是前段时间他买的新地图。卖地图的店家说，最近新成立了十几个国家，所以地图变得复杂了。但柳方蒙铺开的时候只是觉得某些大洲轮廓内的线条多了些。一些国家的名字也改了。唯一不变的，是荒漠还是荒漠，海洋还是海洋。很多岛屿即使面积扩大，在地图上也还是显示不出。郑东阳心心念念的鹰哥海，在世界地图上，是根本找不到的。柳方蒙打开最近升级过的 GPS 地图系统，想看一眼鹰哥海的南岛和西岛，却发现地图还没有更新，仍然能看到剧烈下沉前的全岛 3D 实景。密林、金黄的帐篷、蓝色的冲浪器……红色屋顶的富人小区外是当地人的低矮平房，还有重修过的崭新教堂。上面还能看到写着筑造日期的黑色石碑——

2005 年 7 月 2 日，晴……郑多森先生设计

柳方蒙的手机在桌边振动了一下，苏翎沉寂已久的 Instagram 突然更新了。她晒出了一幅自己的新摄影人像——一个十五六岁的少年，半边脸在光中，半边脸在阴影中。给照片的配文写的是“如果没有光，又怎么看得见阴影”。如果是过去，柳方蒙必然觉得这实在矫情，但此刻，竟然有一阵莫名的心动。他想回复一句，但最后什么也没有发出。他重新点开微信，跟徐虹说，他想去找郑东阳。

过了很大一会儿，徐虹回道：“祝你一路平安。”

在地图导航 APP 上搜索鹰哥海教堂，显示“查无此线路”。柳方蒙从莲花港机场坐大巴到散客接待中心，再靠着一路打听，辗转一趟共享单车，一趟城镇公交，看到了想象中的蔚蓝色海边列车。苏翎与他离婚前，曾发给他斯里兰卡海边火车的视频。车窗开着，海水的气息似能透过电子屏幕扑面而来。他想象着可能的清新腥气，仿佛某种曾被他刻意远离的世俗生活转身教育和影响了他。柳方蒙打开 Instagram，想看一下苏翎又发了什么，却发现主页的摄影图已被清空。头像 ID 也换了，他相信她仍在电子设备的另

一端，这依然让他感到一丝安全。

海边列车是站站停，柳方蒙从南岛站上车，一路能看到鹰哥海全貌，和 3D 地图中的完全不一样。这样一想，他恍然意识到，3D 全景图中的鹰哥海岛上没有一个人。此刻，除了列车上黑黄皮肤的当地人，以及周边国家穿着各异的旅客，还有时时想要朝列车内扑过来的海水，似乎和其他东部海岛没有什么不同。这条线路比他想象中要长，柳方蒙觉得鹰哥海全岛的面积或许比他想象中要大得多，但此时他只能看到少量陆地。几个流动校舍前挂着红色横幅，还有小学生穿过石头铺就的小路。海水绵密地穿过校舍四周还有居民区内的排水渠。柳方蒙没有看到教堂的踪迹。岛内的少数民族说着一种和其他东部群岛居民不同的方言，他们听不懂普通话，不辨方向。只有一个矮小黑瘦的老女人，右手五根手指有三根不能动弹，但大拇指往右侧灵活地转了一下。柳方蒙问："教堂在那里吗？"她不说话。柳方蒙不耐烦地跳下车，朝着海浪的方向猛跑了几步，在跌倒的一刻，一道金灿灿的光圈像准备好了一样，铺在列车顶层，直插过南岛和西岛的中心地带，一晃而过。朝天上望去，一片晕染的金红色光芒渐渐变成粉灰色，几个不同肤色的摄影师连拍了一串照片。而摄影师们身后的山坡上，是一片被砍伐过的树林。据说，它们会被移栽到莲花港市——那里已经在建鹰哥海海底博物馆，未来将陈列一大批从海底打捞的古代城池遗迹。在郑东阳那张 Excel 表格上，他列出了不同历史时期在鹰哥海沉没的城池。最早的时候，鹰哥海是一座山，山顶有一座庙，是一个小和尚为了埋葬一位高僧所建。到了近代，不知是水位上涨还是山在下沉，山已经几乎变成平地，只留有几座山包。在近一个世纪的光景里，全岛的基础教育就依靠各地来的支教老师，他们在山包上建帐篷，一个帐篷就是一个复式班。这些年过来的支教老师，大部分都是莲花港市下去锻炼的基层大学生干部，最多来一年就走了。岛上物资短缺，运送蔬菜的大卡车两个月来一次，岛民一代代延袭的海水储存法虽然能一定程度保鲜，但终究不能和西北部地区相比。

岛上唯一规模较大的建筑是西岛边上的旅馆。旅馆门前是一个给游客画像的矮小老头，还有零星几个焦急徘徊的人。柳方蒙把手机上郑东阳的照片给老头看，他先是摇摇头，接着又迟疑了一下，让他去旅馆里面问。旅馆比他想象中装修得干净。乳白色墙壁上挂着四只钟，显示着三个不同时区的时间。仿佛又回到那家旅行社，柳方蒙看见几个干部模样的人说着普通话上上下下，还有刚才那些摄影师在调整三脚架。没有游客，他在吧台后的墙壁上看见一排寻人启事，以及丢失的身份证——还有一块黑板上写着布告：

“请将捡到的身份证件交到前台。”

只是吧台内的小妹很快用抹布把这句话擦掉，换成了：

“寻人请拿着照片和启事上二楼。”

柳方蒙张张嘴想说自己没有打印寻人启事，小妹看了他一眼，娴熟地指向木质楼梯处。他走上去，那是一台过去年代的打印机，打印出来的人脸都是灰色的马赛克。他按照模板提示填写了郑东阳的姓名、职业、年龄。看着那张寻人启事从机器中一点点出来，柳方蒙突然觉得那是另一个人。

走廊里坐着很多人，大部分是当地人。除了光着屁股跑来跑去的小孩儿，就是神色淡漠的老人。他们在等待被海水冲走的亲人的消息。有人看见柳方蒙的启事，告诉他不该来这里，来这里的外地人是要点高价饭吃的。还有人说见过这个人，但比他老得多，胡子拉碴，面色黝黑，衬得头发特别白。柳方蒙问他老得多的这个人在哪儿呢，没有人回答他，只说可能是被载满外地人的轮渡接走了。岛上的卫生所和大部分医疗人员早在第一批移民迁徙时就转移了。这座旅店，同时也承担着医疗、零售等功能。在柳方蒙等人坐在地上和台阶上等待的时候，楼下一句吼叫声传来——是援助的衣物和食品运到了。柳方蒙交了钱，下楼把启事交给吧台姑娘。

鹰哥海大迁徙的消息放出去后，莲花港的旅行社开辟了一条名为“最后一块天堂”的旅行线路。最初，周边省份和邻国的游客来了很多。有天午后，海面平静，他们躺在海边的长椅上休息，但海水出其不意地卷了上来，被卷进海里的人，至今他们亲人的寻人启事还放在旅店吧台内侧的抽屉里。

那天之后，观光线路被勒令禁止，而那些寻人启事一个月换一次。吧台姑娘说，郑东阳的这张，她几个月前就见过一次，不过是一个老人贴的。

“什么样的老人？”

“脏兮兮的。脸被泥巴糊住了。头发上都是蓝色颜料，粘成一团。”

“他住在哪儿？”

“外地人都住在后面的轮渡上，那里比这边贵一点儿，但能吃到海鱼。”

“现在海鱼也很难吃到了吗？”

“这里谁会去捕鱼呢？现在都说鱼吃的是海水里的人肉。”

柳方蒙尴尬地笑笑。吧台姑娘指示他可以在她这里买饮料，但看到柳方蒙拿出背包里的水和干粮，她生气地把他赶了出去。

天边是粉黄和浅蓝交融的温暖色调，他从旅馆后方往绿色轮渡的方向走去。白色的油漆在船身上刷出“鹰哥海号”四个字。船体刚被翻新过，只是新油漆喷得粗糙，离近看还是能看到很多之前掉漆的地方没有完全被照顾到。柳方蒙把另一张寻人启事贴在船上的布告栏上，几个印度人模样的围过来，很快又散去。直到一个穿蓝色制服的人走过来，示意他坐在休息室等一下。柳方蒙意识到自己被当成死难游客家属了，尽管他的状态确实很像。休息室的镜子映照出他两天没刮的胡子，瘦长的脸和沉重的眼袋。很久之前郑东阳讽刺过他的眼袋："柳老师，你像二十五岁的人吗？嗯？四十五岁还差不多。"柳方蒙尴尬地笑起来，想想如果此刻眼前是讲桌，他和郑东阳轮番上台讲课，是不是他还没开口，学生就会嘘声一片。他想起有次曾尝试过讲学生感兴趣的东西，但好像他们并不如他想象中那么感兴趣。课讲到一半，郑东阳的身影从窗外走廊一闪而过，柳方蒙简直想夺门而出，问他这是为什么。说出别人想听的，是一种能力。他不像郑东阳那样，可以根据不同的学生制定一套独特的教学策略。他也不像郑东阳那样，真的清晰了解学生们的所思所想。但他觉得自己可以知道，他也曾多次家访，看学生的社交网络，听他们的对话，但那些驳杂的信息，没有一条可以直指内心。这样想着，柳方蒙感觉到一阵失落。这失落感加重了他渴望找到郑东阳的心情。

蓝色制服的男人把他领上二楼东侧。东侧离海最近，而且常常有轮渡从这里接涨潮时被困的岛民，把他们带到相对安全的南岸。他诧异柳方蒙没有先在莲花港找。

"我觉得他应该会在这儿。"

"但这个人，确实很奇怪的。他在上一次海水涨潮时，被我们安置在离莲花港最近的一座岛，但他一定又要回鹰哥海，还要待在西岸，说西岸有他的朋友。”蓝色制服道，“如果你真的在莲花港找，也不过是浪费时间，最后还是要到这里。”

轮渡上人很少，少数几个住着人的房间，也都是外派的基层干部。最大的一间房辟出来作为“移民办”。柳方蒙问岛民会被安置到哪里。蓝色制服说内地城市都有可能，部分还会被安置在上海、北京、深圳的郊区……最远的，可能会到西国境线。

“那么远？”

“还好吧？之前南部有个地方建水电站，不是很多住户移民到了 3000 多公里外的上海郊区吗？”

“会不适应吧？”

“不会不适应的。”蓝色制服笑道，“在鹰哥海住了那么久，就没有安安稳稳在一处房子长待超过半年的。你根本不知道，什么时候海水就涨起来了。我记得小时候，全家还住在一处，到后来，有的亲戚就想方设法去市里了，没办法的也去了隔壁岛。”

“为什么这一块地方下沉这么严重？”

“很多说法。有的说采矿，我们小时候，老辈人说海底有火山，哈哈哈……不过，你照片上这人说，是海底淹没的古岛建筑太多了。”

“古岛？”

“就是古代的鹰哥海。听说，淹没了三四十次吧。最惨的一次，是说11世纪有个东部群岛岛主，觉得鹰哥海朝向好，决定在这边建都，结果刚确立国号不到半年，全岛就开始下沉。”

“既然下沉了那么多次，那为什么现在还有这些陆地。我的意思是，难不成下沉过，又浮起来了？”柳方蒙道。

“您不知道吗？鹰哥海一直在移动啊。整个东部群岛都在移动啊。”他道，“很多陆地沉下去了，但因为全岛板块漂移，一些新的陆地又补充进岛屿版图内。现在的南岛和西岛，其实最早不是鹰哥海的地界。而鹰哥海周围其他的岛，在古代的时候，水位连年下降，一些曾经被淹没的城镇又从海底浮起来。刚才说的那个岛主的七世孙，据说跑到鹰哥海又再次成立了一个新国家，经历了两代岛主。不过他那时候看到的鹰哥海，其实已经是偏移后的鹰哥海了。”

蓝色制服继续道：“陆地又浮上来其实还是因为地势低。古代不像现在，打鱼为生，死的渔夫多了，难免就被传为‘死岛’。一直到中华人民共和国成立后，一批移民过来，这里人才稍微多点。”

“移民？”

“你给我看的照片，不就是一个移民吗？不过那个人很了不起，他是个建筑师。好像一辈子也没造出一个合格的东西。”

“不是有鹰哥海教堂吗？”

“哈？那是个假的啊……东部群岛要开发旅游项目，要求每个岛都要有个景点，鹰哥海什么都没有，就查阅史料，发现这里过去有个教堂，但早就沉到海里面去了。当时的移民里有一个建筑系的老师，那个老师说要建成教堂，当时倒是投入了一些资金和人力，但最终只是打了一块地基……”

“我看到明明有照片啊。”

“那也是假的。照片啊，最容易造假了。我倒是觉得我们这里空气什么的都好，就是没什么教堂，海边列车也是刚兴起不久的……”

“那块碑？”

“那是那位教授自己立的。他在我们这边住了很多年，前些年回到内地找老婆孩子了，但前几年又回来了。他浑身脏兮兮的，跟岛上没人管的一些孤寡老人倒是很相处得来，他会说我们的方言。就是普通话比我还差，常常发出很像大舌头的音节。”在蓝色制服的指引下，柳方蒙看见走廊尽头的红棕色地板上，摆着面包和水，一个破旧的帐篷撕开了一个小口，里面探出一颗脏兮兮的脑袋。双眼泛红，白发板结在一块，只是衣领很干净。老人钻出来，浑身散发出海水的腥气，衣服上像铺了一层盐，也像有一层银白色的霜状物附着在上面，给他周身笼罩了一层莫名而神圣的光芒。

“你好，我是郑多森。”老人脱下太阳帽，“不过东阳不在这里。”

“我知道，来鹰哥海，我本来就是要找您的。”柳方蒙道。

他们在黄昏时分坐上海边列车。郑多森说一般人都喜欢从南岛直接坐到西岛，从来不知道中间还有一个小站可以下车，而且小站的风景很不错。柳方蒙挠挠头，想说自己也不知道，但他突然觉得这是一句无效的话，于是改口道：“也可能他们知道，但只是不想下去呢。”

“有可能。”郑多森道，“不过类似的话听东阳说多了，听见另一个人说，有一点儿新鲜。”

他们跳下车，郑多森指着不远处几棵正待被砍伐的树：“那里之前有我的很多宝贝，现在都没了……在很多不经意的时候，海水就这样冲上来一下……”他比画道，“再下去……然后这儿，这儿，还有这儿……就会有一些稀奇古怪的东西，我记得二十年前吧，还有一块七百年前的石碑就被冲了上来，还有宋代的钱币，元代的蒙古文石刻。”

“难道就是您刻字的那块？”

“哈哈。那块是一千年前的。”光芒把他的脸一分为二。又一列海边列车从他们面前开过去，海水时时没过他们的脚面。

“现在，只有我们会这样悠闲地走在这里吧。”柳方蒙道，“我看见岛上已经没什么人了。”

“这是最后的好日子了。”郑多森道，“我以前总会想，如果大陆桥工程坚持下来，是不是鹰哥海主岛陆地会和东部群岛连成一片……原理上这是不可能的。但我总觉得，只要有个东西把鹰哥海和其他陆地连起来，它是可以不沉的。”

“如果真的不沉，就一定比现在好吗？”

“当然不会呀。但那样，你就会在岛上看见郑东阳。”

“嗯？”

“你没有在前些年来鹰哥海……当时，这里头顶上的云会把天空分割成几块大小不一的菱形。男孩儿只穿短裤，每个人都很瘦很干练，他们把海边的文物摞起来，做成各种各样的景观。”

柳方蒙看向他，上衣的盐渍在阳光下亮闪闪的，像某种薄雾一样的金粉。裤脚有剪掉的痕迹，口袋的一角伸出来，几只新鲜贝壳缝制的项链系在他的腰间。晃动一下，就撒下一些雪白色的盐屑。郑多森大笑一声，脸侧的大酒窝显出憨厚的模样，柳方蒙竟然觉得他的表情有些像苏翎。

“柳老师，你穿越过东国境线吗？”

没等他回答，郑多森继续道：“如果你穿越过这里，你会觉得自己像夸父。”

“夸父追日吗？”柳方蒙笑道，“有点冷。”

“不是。你会有一种，不断想了解过去和现在的冲动。”他转过身，“这里，整个东部群岛，都在走向成为遗迹的路上。”他比画着，粗糙的手指在阳光的照射下，像是一件深具艺术感的雕塑。它伸过来，柳方蒙握住它。

“您怎么来鹰哥海的呢？”

“年轻的时候我跟好多同学被派过来，我们想的最多的就是怎么调走，起码调到一个省会城市。当时有个建筑所要我，但鹰哥海不放人。后来我不那么想走了……我觉得所有地方，都是同一个地方。我不会因为改变自己的居住地，整个人就升华了。那我不如在一个更简单、更直接的地方，如果丰富，那就是彻底的丰富……当时海里的宝贝比较多，我总觉得可以用那些冲上来的宝贝重建一个鹰哥海，只是我能力不行……你看到了，我只能做做滑翔翼，画个画儿……以前能翻译一些岛上留下来的典籍，现在这个也不行了。”

“难道不是还有很多事可以做吗？有很多不得不用人做的事。为什么一定要留在这里呢？”

“……随时都走在成为遗迹的路上，那就是随时可以接触到历史，接触到未来啊。”郑多森道，“很多已知朝代的，还有很多未知历史时期的城池，都被卷进了海里。你信不信？海底其实富丽堂皇，远胜于我们陆地上看到的这些……”他看着两个伐木工人砍着那排树，其中一个伐木工人很年轻，常常停下来休息。郑多森走过去，给他比画了一下，很快，一棵树倒在他们不远处，再一棵树倒在他们脚下。

柳方蒙本想说莲花港公园巨大的大理石碑，还有不同国家的玻璃组成的五彩群像，以及那里24小时不停歇的地铁，但在“遗迹”面前，他突然觉得毫无兴致。他看向他们面前的海平面，几朵浪打过来，双脚凉凉的，他不知道如果此刻他像郑东阳一样潜入海底，会看到怎样的图景。

“很多年前我见过一块像树一样的化石，当时鹰哥海还没有一分为二。东阳考上了大学，来看我。我们在海滩上打羽毛球，一只球被海水卷走了，东阳追着也进了浅水区，我把他叫回来，但他不听。直到又一个浪打过来，他吓了一跳，赶快往回跑。只是谁也没想到浪会那么大……再后来，等我们都清醒过来，一块树的化石就躺在我们眼前了。”郑多森继续道，“周身是不同深浅变化的绿色，还有一些暗红色、黑色。当时海边冲上来的东西太多了，没人会把这个当回事。但我印象很深。我们现在看到的世界，都是一遍遍刷新过的。每一遍刷新，旧的东西就少一点。但海底或许是不同的，那里每一遍刷新，都只是加厚一层历史。新的建筑叠加在旧的建筑上，最古老的东西沉在最底部。而人呢，人只在缝隙中。”

“在不同的缝隙中，穿梭于不同的历史时期……”柳方蒙道，“一段历史，也可以是很多段历史，打捞文物，也是打捞人类自身的一部分属性。”

“你的觉悟很适合做考古。”郑多森笑道，“更重要的，是他们会改善自身的历史。”

“改善？”

“不然呢？能获得什么？贡献？那不存在的，不会留下什么，也不会比沉没海底的那些人做得更好。现在的一切即使成为历史，也不会比那些历史更辉煌。我们自己的一点点能量对这个世界没有任何帮助……但改善自己，是我们为改善世界能做的一切。”

“像鹰哥海这样的岛，会渐渐沉没的岛，在东部还有多少？”

“很多啊。”郑多森道，“但其实，所有海岛都在沉没的可能之中……如果你有耐心，把这条线路检索一遍，或许能找到你想找的。”

从鹰哥海去周边诸岛没有直达的船，柳方蒙只能先回到莲花港，再搭环岛巴士坐到中心岛，此时，以中心岛为核心伸向其他岛屿的跨海大桥和海上轻轨项目已经竣工。柳方蒙看见几支来自本国和周边国家肤色各异的小学生队伍将穿过近十个跨海大桥，一路抵达鹰哥海西岛南端紧挨着的显岛。整条线路穿越了整个东国境线。和鹰哥海不同，东部群岛的其他岛屿呈现出某种被规划好的整洁与现代气息。国际商业合作大会正在召开，十几面周边国家的旗帜在阳光下同时升起，柳方蒙突然觉得像回到多年前，在首都酒店门前，他作为实习记者采访过东北亚金融论坛上的大鳄，精英文学研讨会上的诗人，“另一面声音”美术巡展筹备会上年近八十的华裔版画家。他喜欢会议结束之后的样子——红色的地毯，白色的天花板，金色的椅子，仿佛都在某种言语的隆重感中降落下来。那时候他想成为一个足够好的记者，把一切他觉得值得记录下来的言辞都清晰地写下来。他觉得记者和史学家的工作是一样的，所以他不只关心自己生活的城市和国家发生了什么，他更想关心一切边缘的地区和民族发生着什么。但那时候，纸媒已经衰落，众多新兴媒体为了流量只能不断制造无关紧要的社会话题。柳方蒙一本正经的写作口吻被认为应该回到学校做研究，父母则要求他报考电视台。他真的报考过一次，在面试中落榜，与家人几番争执不休后，他决定去银川散心，在那里碰见苏翎。他到现在还记得，他们在火车站买了邻近省份的地图，人口密集的省份和直辖市是红色的，人口稀少的地区显示黄色或白色。苏翎选了一座白色的城市，柳方蒙却选了一座黄色城市。他说人太多不好，人太少也不好，不如去一个移民比较多的城市。东部沿海地区经济发达，机会也多，外地人不少，就那里吧。他们去了一座双方都陌生的二线城市，自以为能暂时告别之前的生活，进入新的人生阶段。他应聘到 X 中做老师，苏翎做了艺术培训班的瑜伽教练，兼职给当地乐队做现场摄影师。柳方蒙本是怀着放弃理想生活的心情去的 X 中，但郑东阳的存在，却很快让他觉得应该正视这份工作。

商业大会开始了，钟声一层层从会场传到他耳边，接着，又似乎传遍了全岛。他站在中心岛正中心的东方广场，一群白鸽飞起来，另一群白鸽抢食着游客喂给它们的食物。小学生们和他擦肩而过，他们穿着白色运动衫和白色跑鞋，戴着红帽子。运动衫背后写着“穿越东国境线马拉松比赛”。柳方蒙在他们的奔跑中感觉到某种熟悉的热情感觉，心下颤动，不自觉也跟着他们跑起来。此番他只背了双肩背包来，这样在孩子们边上奔跑时，仿佛那些孩子都是他穿越时光找到的小伙伴。他起初跑得很快，接着步子就慢下来，再之后变成大跨步地走。他穿过三座跨海大桥，从中心岛陆续到过两个没搞清名字的岛。路过环岛海滩的时候，柳方蒙看见有潜水员拖上来一大块方形砖石。有一些像骨头一样的东西也被拖上岸，一个当地女人说是动物化石。

“这个，和鹰哥海的一样吗？”

“哈？都差不多吧。”女人道，“反正，再过一百年，这里也都会变成鹰哥海。”

“这不会吧，跨海大桥已经把整个群岛都连在了一起，填海造陆工程也进行得不错……这里，也很漂亮。”他确实觉得它们漂亮（尽管他不愿意承认这种“漂亮”是合理的），仿佛整个国家迫不及待地要迎来全民城市化，连边境也不例外。他想，如果郑东阳看到这一切，会不会觉得非常兴奋，但女人很快打断了他。

“漂亮？鹰哥海也很漂亮啊。”

“那里落后许多。”

“那里以前是最进步的。”女人用了“进步”这个词，“群岛的首府以前就在那里。那里物产也丰富，就算是海底的东西，也比这边值钱。鹰哥海出土的文物，能赶上半个国家博物馆吧。那边的有钱人，也不要太多哦。但现在都走掉了。还有的，把海底文物倒卖出国了。”

“这块化石，是什么化石呢？”

“当然是蓝鸟，早就灭绝了。”

“鸟能这么大？”

“是很大哦。传说能把半个岛掀翻嘛。”

柳方蒙尴尬地笑着，只见海边的人确实随意地把长翅膀形状的化石丢在一棵树下，有一两个游客模样的人在拍照。他想起郑父说的“随时走在成为遗迹的路上”，突然感到心情复杂。在郑父的讲述中，郑东阳并无意效仿他，甚至一直把自己的父亲作为反面教材，但他喜欢他旺盛的生命力，对他也没有像郑东兰对他那样充满恨意。

“他觉得我该有一个更好的解决办法。”郑多森点上烟，“他觉得我做得残酷了。”

“但如果您去解释，那不才是更残酷吗？”柳方蒙道，“郑老师肯定也早已经知道了这点儿。”

“哈哈，所以他也‘躲起来’了。”

但柳方蒙觉得郑东阳并不是要躲起来，否则不会说自己在东部群岛。他更像不愿意把这个确切地名透露给别人，仿佛它是一句暗语，只有足够理解他的人，才有资格知道。柳方蒙打开地图 APP，和在鹰哥海时一样，所有他想搜索的地标，国境线界碑，几个邻国交叉点，鲸海入海口，还有东西南北四座跨海大桥的坐标，都显示“查无此线路”。服务站的导游说，这是因为系统还没有把这些位置输入进去，以至于在地图上，它们依然像笼罩在一大片无名海域中。还有人说，这是因为整个群岛都在不同程度漂移。柳方蒙觉得，自己处在地图的另一面，在一块被遮蔽的位置。

“但入海口怎么也搜不到呢？”他追问着，没有人回答他。

天已经黑了。岛民和游客开始了篝火晚会。做记者的那些年，柳方蒙在山林、雪山，还有咸水湖边，都参加过少数民族的篝火晚会。但此时却很不同。潮湿凉爽的夏夜，这些人有距离地站成一排，不同的方言交织着，却没有一处让人觉得突兀。某一瞬间，柳方蒙渴望获得他们的理解，他开始大声说普通话，但没有人觉得这有什么突兀，他们看向他，和善地问他要不要吃水果。来来回回的人群让他感觉到一片舒适的祥和气氛。仿佛这来往的面庞中，很有可能会出现郑东阳高高的鼻梁。围着篝火跳舞的年轻女子，头上的白纱触碰到他的胳膊，他想起苏翎瘦小的身体套在宽大的浴袍里，蹲坐在椅子上，仔细察看着地图上的各个角落。

“会不会有些地方是没有记录在上面的？”

“有未被命名，但已经知道确实存在的陆地和海洋。”

“还应该有其他地方。”苏翎道，“那里有城市、有工厂、有学校……一切都比较完善，但是，这样的城市，明明真实存在，地图上却没有。我们这些没有去过那里的人，很可能以为那是一片蛮荒之地吧。”

柳方蒙看着这些跳舞的人，吃烤海鱼烤生蚝的人。又一次，他觉得那个在婚姻生活中狭隘的人是他，也仿佛在告诉他，之所以他的课没学生爱听，不是因为他讲得太深入，而是因为他自己，对深入的理解也仅限于“知道”的层面，他未能洞察这“深入”背后复杂多变的知识关系。他脑子里串联起高中物理、初中生物，还有小学自然课和 X 中特有的美术写生课。他一度觉得自己都懂，毕竟他知道它们的置换关系。然而，那些原本以为可以串联讲述的课程知识，被他一讲，都扭成了一团。篝火渐渐暗淡下去，在夜色和火光的交汇中，他仿佛看见一只巨大的深蓝色羽翼渐渐张开——是一排陌生女人伸直手臂，她们的影子重叠在一起，像一只翅膀过于庞大的深蓝色瘦鸟。她们的舞步欢脱起来，柳方蒙看到“瘦鸟”蓝色羽翼的边缘泛着黄色火光，但很快它又暗淡了下去。火势渐弱，男人女人们用他听不懂的方言讲述着几个民间笑话。

有人用望远镜看海的另一边，隔壁岛的男女也举行了篝火晚会。仿佛整个东部群岛像跟随着一个母体在无限繁殖不断发生着一样的下沉事故，不断在海边发现文物的岛民。

柳方蒙想起，莲花港之所以叫莲花港，是全市及周边的东部群岛轮廓像莲花。“莲花”的“花瓣”尽管会漂移，甚至下沉或两岛合并，但“莲花”本身的能量守恒，不管怎么移动，“莲花”本身的形状不变。柳方蒙想着，并很快意识到这是郑父的话。

“我对他没有期待。”郑多森在海边列车上说。

“谁？”

“郑东阳啊。”

“为什么？”

“他能在教课这一块做得很好，但很难再精进。”

“郑老师一直在记教学笔记，我觉得可以出书的。”

“留不下来的。”郑多森摆摆手，“他适合讲，并不适合写。你倒是可以试试写下来如何，说不定比你讲得清楚。”

柳方蒙想起做记者的时候，把金融论坛的笔记记在文学论坛的背后，把美术展筹备会的笔记记在互联网大会的背后。他喜欢记完笔记的第二天再翻阅一遍，有一天，这不同笔记的文字仿佛不同程度交汇在一起，他看见了很多之前没有注意过的信息。这些不同领域的信息突然呈现在一张精神地图上，他很难说清它们之间的关联，但他知道它们只能在这样一块地图上。它们盘根错节，看起来凌乱，但他只需要再花一点儿耐心，就可以用红笔标记出这一团信息的重点。

“也或许，那才是我的‘地图’。”他想着，便也说了出来。他注意到周围的人都在忙着自己的事，没有注意到他，于是放心地重复了一遍。

“那才是我的地图。”

柳方蒙决定从几个没有列入跨海大桥项目的小岛入手。它们是大岛的附属岛，在过去两千年间不同程度沉没过。岛上的一些建筑，至今还能看出海水浸泡过的痕迹。柳方蒙在旅客服务站门前的招贴广告上看到过这些小岛的照片，一个又一个白色帐篷把全岛包成一座宝塔，岛内民族众多。只有四十多人的显岛上就有三个民族，其中一个民族因为一直没确定族名，被划入另一个少数民族，还引起一些人的不满，最后只好暂定为“兰依族”。

“兰依族跟蓝鸟有关系吗？”

“蓝鸟是整个群岛的图腾。”女导游的双眼皮上有蒙古族人有的褶皱，两只耳垂上挂着沉甸甸的民族耳环，“族名最早只是村寨的名字，中华人民共和国成立后村寨被大量合并，就没有族名了。近些年，这些人又要保留族名。但很多民族人数太少，只是象征性纳入某个大族。不过像兰依族这样人数极少，但族民却极其倔强的民族，还是有一些的。他们都住在相对落后的岛上，中心岛之前想把几个小岛合并进来，作为度假村开发项目，遭到他们的抵制。群岛内经济发展不平衡，就是从那时候开始的。这些年，岛上的人更少了，年轻人都出来了，稍微能干活的也出来了，岛上，尤其是小岛上只有女人和小孩儿。老人呢，前些年还会被带到海里，但这些年也不会了。”

“带到海里？”

“这里曾经的习俗，过去一个家庭养不活这么多人，所有超过七十岁的老人，到了年龄都要被丢到海里。”

“这种习俗持续到什么时候？”

“五年前吧。当时我知道一例，是一个游客报的警。警察赶到的时候，老人已经被丢到海里去了。”

柳方蒙听得有些心惊，但很快警觉地问道：“那是哪个岛？”

“就是显岛和陨岛交叉口的一个寨子，一半属于显岛，一半属于陨岛。但一般大家都会自称是显岛人。”

“岛上有学校吗？”

“学校？”女导游笑道，“你没发现整个群岛都没学校吗？”

柳方蒙想起那些跑步穿过跨海大桥的白衣小学生。他们运动衫背后写着的“穿越东国境线马拉松比赛”，还有彩色袖章上印着的国旗标志。

“东部群岛现在整个开发成旅游岛和贸易区了。岛上的人，除了少数当地人，都是移民，还有一些生意人。这里不需要什么学校，要上学，只能去莲花港了。”

“但我记得鹰哥海有啊。”

“有海边列车的那个？那上面的学校都没资质吧。不过那样的学校倒是有一些。一般一两个小岛起码有一个吧。刚才说的显岛上就有一个。老师流动性挺大的。没老师的时候，那些学生就在岛上跑来跑去，现在跨海大桥建好了，东部群岛连成一体，他们的活动范围也大了……你问这个干什么？”

“我有一个朋友……”柳方蒙迟疑着，拿出寻人启事，“那个游客，叫什么？长什么样？”

“……只知道是个女的。”

柳方蒙眼前的吊桥上突然跑过一队小学生，仿佛是前两日的小学生又来跑了一遍，也像是新的跑步队伍。他揉了揉眼，吊桥很快又不见了。倒是来接他的快艇来了，他交了钱，在上面打听吊桥和跑步小学生。开快艇的人说，他可能是看见海市蜃楼了。

“这里能看到中心岛的海市蜃楼？”

“也可能是莲花港的呢。”

柳方蒙愣了一下，仿佛跟着小学生跑步的自己也变成了海市蜃楼，随着幻象沉入了海底。

和柳方蒙想象中不一样，陨岛上的男女下身都穿着短叶子裙，由当地一种特殊的短叶子制成，虽然一件短叶子裙只能穿两周，但它很有韧性。叶子的汁水把他们的下半身染成了绿色，还有人在岛上开着三轮车回收旧叶子裙，作为果树的肥料。几只蓝色小鸟和白色小鸟划出的白色痕迹把他头顶上的天空分割成四大块大小不一的多边形，他走过的几个白色帐篷前都立着一只绿色鹦鹉，鹦鹉脖颈上绑着细红绳，只要它动弹一下，帐篷内的主人就知道有人来了。陨岛人眼睛很大，嘴唇偏厚，女人露出的胳膊和双腿都亮晶晶的，像抹了油。接待他的地陪建议他去岛上最大的白色帐篷听一下他们的朗诵会。每年群岛都有一次朗诵会，为了纪念沉没海底的第一代群岛岛主及其后人。岛主是位历史学家和诗人，他写的《金岸笔记》是群岛流传下来最翔实的自然类书籍，记录了这里不同历史时期中沉没前后的故事。据说，《金岸笔记》一直被不同的人所保管，岛主和部分后人也只完成了最初七百年的记录，后面的记录都是无数保管者及其后人补充和编纂的。朗诵会是群岛上民间最大的节日，会有不同岛屿村寨派代表来到陨岛，除了朗诵《金岸笔记》中的民谣，还会有一些孩子写的诗句。

群岛的朗诵会是民间传统，据说古代每一次有岛屿沉没，都会在附近岛屿召开这样的朗诵会。古代的朗诵会在海边，到了近代才挪到帐篷内。古代岛民们相信朗诵的声音能够召唤神灵的声音，现在则和小型集市一样，朗诵会门口会有很多人拿着自己岛上的特产来卖。

本届朗诵会的召集人之一是一个高瘦青年，他给所有来听朗诵会的人发放油印小册子。柳方蒙看见，小学生写的诗句都在最后几页。其中一句是：如果没有光，又怎么看得见阴影。

署名的作者名及简介写的是“舒拉（女，十一岁，就读于显岛学校）”。再翻到小册子末尾，是刊登过这些学生诗作的报纸名称。柳方蒙看见的那首，正巧发在《南城文学报》。那是一家中部省份的文学报纸，在南部和东部都有卖。他在手机网页中搜索起来，最靠上的一条链接是《南城文学报》的电子报的阅读网址，打开后能看到清新整洁的版面。在这首诗右侧，是一张女子埋没在阴影中的脸，五官虽然有些模糊，但他还是一眼就看出来。柳方蒙辨认着很久没有看到的这张脸，它变得更清瘦，两侧脸颊上的酒窝变得干瘪许多，或者正像苏翎曾说的“三十岁之后，酒窝就会变成皱纹”。他在一块白石头上坐下，石头滚烫，但也提醒了他——他们五年没见了，如此想着，他突然没有了去找苏翎的欲望。他希望她和过去一样，但她其实早已经成为另一个人，他再次看向那句诗，仿佛她在借它暗暗说着“我过得很好，不要来找我”。柳方蒙把小册子放进包里，退出了朗诵会。在一种又失落又透明的心情中，他冲着面前几个帐篷前的绿色鹦鹉吹起了口哨。

海水随时能冲上来，陨岛仅有的校舍在一座山包上的三只帐篷里。帐篷口的三四个学生看见有人来，通报了帐篷里的老师。但是老师没有立即出来，倒是因为有了来客，学生们重新变得活泼，在帐篷周围肆无忌惮地玩闹。柳方蒙注意到他们手中拿着的课本都不相同，有小学语文，有初中几何，还有人拿着小学算术和高中物理课本。他坐在帐篷边上的白石头上，问一个年纪最小的女孩儿，听不听得懂。女孩儿害怕地逃下了山，一直冲到了浅水区。

“你打扰了我的课堂。”

柳方蒙张张嘴想打招呼，但郑东阳没有继续说话的意思。他的脸晒黑了几个色号，一双眼睛嵌在上面，显得眼白特别白，眼球的棕黄色愈加明亮。柳方蒙有很多问题想问他，比如为什么突然要支教，为什么一定要来东部群岛，家里打算怎么办？但话到嘴边，他问出来的却是：“你怎么做到给小学生、初中生和高中生一起上课的？”

郑东阳看了他一眼，提了提总往下掉的短叶子裙，哈哈大笑。另一个看不出是男孩儿还是女孩儿的短发小孩儿拉住柳方蒙的衣角，示意他可以到不远处的木屋吃饭。

“我们老师不喜欢跟人说话的。”小孩儿声音很轻，依然听不出是男是女。

“但你们老师对你们说话啊。”柳方蒙从山坡上滑下来，这里的沙子和泥土都滚烫松软，双脚埋在沙子里，感觉它们说不定有消毒的功效。木屋比他想象中要大很多，没有单间和双人间，只有十几人一间的通铺，但木屋里人少，所以房间空间还是很大。他点了啤酒和烤鱼，一碟海带，跟吧台内的中年女人攀谈起来。

“哦，郑老师哇。他来这边有一段时间了。这些没人管的小孩儿，现在都在他班上上课。两个学生要考高中，还有一个明年想参加高考，还不知道在哪里考呢。”

“这里没有正规的学校吗？”柳方蒙迟疑道，“总要有学籍才能参加考试吧？”

“放在那些正规学校，我们还不放心呢。”女人道，“那边学生都分数高，我们孩子没什么优势，老师不重视你，不像郑老师，教出来的都很懂事嘛……学籍问题，有个宋老师会帮着解决，但那个老师跑掉了。”

“抛弃了郑老师嘛。”一个男人道。

“你别胡说。那是郑老师的朋友。你知道吗？”女人道，“宋老师当时想把一个被丢到海里的老人救起来，但郑老师觉得这是干涉我们的生活……郑老师当然还是不说话嘛。郑老师是不是很不喜欢说话？我们倒是无所谓的。反正他说的话，我们听不懂。我们说的话，他倒是很能懂嘞。”

柳方蒙道：“郑老师刚才已经说了句话，我已经受宠若惊了。”

“宋老师刚来的时候，也这么说。但郑老师说她教不好学生，但我看着，其实教得还可以嘛。”

“她教什么？”

“画画儿嘛，还有俄语和英语。”女人加了一碟海带，“郑老师就是来让她教外语的，但她想开展素质教育。大概是这个词嘛。几个小朋友一组，然后玩一玩，说是素质教育嘛。”

柳方蒙尴尬地笑了笑：“郑老师平时完全不跟你们说话？”

“说还是说的。”女人比画着，“就是这样，‘你好’‘再见’‘餐费拿好’……我们这边，本来要迁走的，但因为这个学校，我们都不想走。”

“迁到哪儿？”

“不知道嘛。可能去市里，可能是其他岛。这边要建度假村，把鹰哥海做成遗址公园。”女人道，“上面要想方设法搞钱嘛。”

“郑老师会在这边半年？”

“是每年半年。”说话的是一个刚走进木屋的老人。银灰色的头发，四方的脸，乍一看和郑多森有一丝相像。

老人扶了扶透明框眼镜：“听说你也是大学生，要不要跟郑老师一起教课？”

“我不可能的。”柳方蒙脸一白，“我都没想明白郑老师怎么让小学生、初中生和高中生一起上课的，还有啊，他怎么把不同科目混在一起教的。”

“哈哈哈。”老人露出本地口音，“课本只是摆设嘛。只是提醒那些学生，虽然讲了很多门其他课程的知识点，但他们这节要重点了解的，还是手上拿着的这门课。”

“这太荒谬了吧。这方法只适合天才吧？”柳方蒙道。

“我一开始也觉得乱来嘛。直到听郑老师讲了一节。”老人坐下来，“我以为他要讲数学，结果讲到了物理和语文，还有诗词跟生物。我觉得每一句都听得很清晰，也明白是什么意思，但组合在一起我就不懂了。我问郑东阳，他也不回答。我就问学生，‘真听懂了？’结果他们说‘听懂了’。我问‘听懂了什么’，一个女孩子说，‘听懂了讲的是金鱼掉到海里的故事’。我就笑，因为那故事明显只是那节课中的一个插曲啊。但郑东阳却说‘这就是听懂了’。我追问他，他反而说我想得太复杂，人听自己想听的就可以了。把想听的那一层听懂了，之后的都是越来越懂的。”

“考试呢？这些学生总要参加考试，他们怎么和那些统考的学生竞争呢？”

“我也是这么问的。但后来我发现，这些孩子答题答得还算可以。虽然不能跟那些大学校里的学生比，但基本的，课本上这些东西，还算通。我现在就是担心要高考的那个学生。最近郑东阳给他开小灶，不知道怎么样了……”

“那个也不用担心了。”柳方蒙道，“郑老师能让这些人听到不同的东西，在一节课上掌握不同的东西，高考，总比那个简单多啦……郑东阳平时跟你说很多话？”

“他不说不行，只有我听得懂他的普通话。就算他天天让学生递纸条，岛上也没几个大人识字嘛。”老人说着，上楼打开了为柳方蒙准备好的一间房。靠窗的桌子上摆着一盘新鲜的杧果。有人推开门，是一个岛民，他用土话跟老人交谈了几句，拿走了一颗杧果，回赠给他们一包牛肉干。还有小孩子，想穿过他们这间房，爬到隔壁房间去。柳方蒙想制止，但老人说：“沙子软，沙子摔不死人。”

“如果他们去了岛外呢？”

“总会适应的。”老人继续道，“郑老师教的是学习方法，不是笼统的知识。这些孩子虽然没见过大世面，但方法掌握了，大部分环境就都能适应嘛。”

他一边听着，一边看向窗外头顶陶罐的棕色皮肤女人，婴儿不安分地骑在她的臂弯上，女人步子依然走得稳，头顶上的罐子也岿然不动。

“这个女人也听过郑老师讲课？”他指着外面。

老人道：“估计得是郑东阳学她，学她怎么一心十用。”两个冲浪的少年从白帐篷里钻出来，刚才各自牵着绿色鹦鹉在浅水区徘徊，现在已经在蔚蓝大海中了。他们的短叶子裙比其他人的更长，鹦鹉时而飞过他们的脖颈，又停在他们的头顶或肩膀处。

“喏，就是那两个孩子。”老人卷了支烟。

“要高考的？”

老人不说话，他没有穿短叶子裙，松松垮垮的裤腿耷拉在地板上，抽了口烟道：“有一天，我们这边也会沉的。”

“这几天我总是听到这句话。”柳方蒙看向外面，想象那些绿色鹦鹉同时起飞的情景，“我喜欢这里，很喜欢。但是……”

他迟疑道：“既然要沉没，为什么郑东阳还来这边教课呢？这样避世的地方，真的利于了解这个世界吗？”

“那些别人都知道的世界，外面的世界，就一定丰富吗？”老人挑眉，“我们这里正在成为遗迹。”

“郑东阳会一直在这里吗？像你说的，每年半年？”

“他当然会去其他地方嘛。”老人道，“但现在是这里。他的愿望很大，很大……”

“是什么？”

“他想培养真正的好学生，真正的‘好人’。”

“‘好人’如何定义？”

“‘好人’不是被定义。是好人定义时代。”

“这是郑东阳的话吧。”柳方蒙也点了支烟，“是‘好人’培养的‘好人’在定义时代。”

他眼前浮现出曾想象过的鹰哥海教堂。一幅巨大的壁画从入口处绵延至教堂尽头。没有桌椅，人们席地而坐。神像在门后，又或者神像并不存在，神只在人的心中。教堂的门是不上锁的，人们可以随意穿过它，又被教堂每天都有的钟声穿过。

他想起徐虹讲过的金鱼的故事，“重建秩序的金鱼”，他重复着。随着新一轮回想，一些陌生而熟悉的信息正在被他筛选出来。那墙壁上几个不同钟表上不同时区的时间。现在他知道，除了那家旅行社，东部群岛上的钟表，都保留着根据不同历史时期的东部地区计时规则显示的时间。鹰哥海旅馆墙壁上的钟表是这样，眼前墙上的钟表也是如此。历史从未过去，他们都走在成为遗迹的路上。

在古代，这里昼长夜短，比现在更甚。风声响彻起来，暴雨即将落下，眼前的沙滩上杳无人烟。他想起年少时跟着体育训练队穿过城市的每一条小巷，那些地势低洼的小巷，雨后总是浮起一些奇怪的东西。他很害怕看它们，但有一次他看到许多橙黄色的落叶。它们从城西的千年古树上落下，慢慢随着雨水漂流到城东的巷子深处。他像训练队中的每一个人自然地踏过它们，但每一次踏过去，他都看见落叶不再顺着之前的流向漂去，而是被他的脚步改变方向，或者转弯奔向下水道，或者停靠在哪一个灰色水泥石阶边。他屏住呼吸跑步，左右手各握成一个拳头，大拇指包进去。没有人知道他在手心比画了什么，就像此刻，沙滩上的人也没有注意到他在松软的沙子上写了什么。直到郑东阳朝他这边走来，在夕照下，郑东阳的身形比往日更加颀长，一半身体在阴影中，一半却闪着灰蒙蒙的金光。他走过柳方蒙写下的那行字，在他脚印踩过的缝隙处，隐隐约约的那几个字，已经被海水冲得认不出来了。

图书在版编目（CIP）数据

所有动画片的结局 / 王苏辛著. -- 石家庄 : 河北教育出版社，2022.10

（年轮典存丛书 / 邱华栋，杨晓升主编）

ISBN 978-7-5545-7195-8

I. ①所… II. ①王… III. ①中篇小说 - 小说集 - 中国 - 当代 ②短篇小说 - 小说集 - 中国 - 当代 IV. ① I247.7

中国版本图书馆 CIP 数据核字（2022）第 156146 号

年轮典存丛书

书　　名　所有动画片的结局

SUOYOU DONGHUAPIAN DE JIEJU

作　　者　王苏辛

出 版 人　董素山

总 策 划　金丽红　黎　波

责任编辑　高树海　汪雅瑛

特约编辑　张　维　武　斐

出　　版　河北出版传媒集团

河北教育出版社　http://www.hbep.com

（石家庄市联盟路 705 号，050061）

印　　制　天津盛辉印刷有限公司

开　　本　787 mm × 1092 mm　1/32

印　　张　8

字　　数　153 千字

版　　次　2022 年 10 月第 1 版

印　　次　2022 年 10 月第 1 次印刷

书　　号　ISBN 978-7-5545-7195-8

定　　价　48.00 元
